ラルーナ文庫

転生したら
チートエルフだったので
無双しようと思ったら
年下強面斧使いに懐かれました

圭崎 昴

三交社

CONTENTS

Illustration

小山田あみ

転生したらチートエルフだったので
無双しようと思ったら
年下強面斧使いに懐かれました

本作品はフィクションです。
実際の人物・団体・事件などにはいっさい関係ありません。

エルウィン・マグナスは生まれたときから、なんとなくこの世界に違和感があった。

自分の本当の居場所はここではないような、そんな違和感が。

幼児期ゆえのまとまらない思考と、言葉にできない曖昧《あいまい》な感覚。そして周りの人間に伝わらないもどかしさ。

それらが綯《な》い交《ま》ぜになって、常に気分は最悪だった。エルウィンを育てた祖父によると、随分と癇癪《かんしゃく》持ちの幼児だったらしい。

それがすとんと落ち着いたのは、物心のつく七歳になった頃だった。


――記憶の中にある、自分ではない誰《だれ》かの人生。


それが前世の記憶というものだと気づいたとき、エルウィンは自分が転生者なのだと自覚するに至った。

五十嵐大和《いがらしやまと》、というのが、エルウィンの前世の名前だ。

日本でサラリーマンとして働いていた大和は、ある日過労が祟《たた》ってか、心筋梗塞《しんきんこうそく》のため二十八歳という若さで亡くなってしまった。

そして気づいたときには、魔法とファンタジー溢《あふ》れるこの世界にエルフとして生まれ直していた。

エルウィンが、歴代一の魔法使いと呼ばれるほど躍進するきっかけになったのは、間違いなくこの前世の記憶が関係している。

＊＊＊

「お前は少し……、いや、だいぶ自信過剰に育ってしまったようじゃの」

立派な白髭《しろひげ》をたくわえたしわがれた老人が、枯れ枝のような指で目の前の美少女、もとい青年を指差した。

指を差されたのは、長い金髪を後ろに結んだ、少女と見紛うばかりの麗しいエルフだ。

彼は「はあ？」と首を傾《かし》げて片眉《かたまゆ》を吊《つ》り上げた。せっかくの美貌《びぼう》にもかかわらず、意地の悪い表情がすべてを台無しにしていることに、本人は気づいていないようだった。

「じじい、誰が自信過剰だって？」

「だから、お前じゃよ、お前。わしの二十五番目の孫であるエルウィン・マグナスのことじゃ」

エルウィンと呼ばれた青年の睥睨《へいげい》をものともせず、老人は薄笑いでその指をエルウィンの額に突き刺す。

「いでででっ！　やめろ、この馬鹿力！」

すぐに老人と距離をとったものの、エルウィンの美しい額にはくっきりと爪《つめ》の痕《あと》が残ってしまっていた。じんじんと痛む額を押さえながら、彼は再び老人を睨《にら》んだ。

「オレは自信過剰なんかじゃなくて、自信に見合った実力があるんだよ！　それはシルフィじいちゃ……じじいも知ってるだろ⁉」

幼少期の呼び方で祖父を呼ぼうとしたのをじじいと訂正し、ふんっと鼻息をつく。

エルウィンは口こそ悪いが、実際にはそれほど、いや、まったく悪人ではないことを彼の祖父であるシルフィは熟知しているため、いくら怖い顔をしても無駄に終わる。

「お前に才能があるのは知っておるよ。じゃが、それを誇示して回るのは品がない。それに、上には上がおるということも忘れちゃいかん」

怒る様子もなく、ゆっくりと諭すようにシルフィは告げた。

しかし、

「オレより才能のあるヤツ？　そんなの見たことないね。森の賢者って言われるじいちゃんだってオレより弱いのに」

すかさずエルウィンが反論した。

確かに、本人の言うとおり、エルウィンには才能がある。

エルフは皆魔法を扱える種族とはいえ、一般的に魔力をコントロールできるようになるのは、十歳を過ぎた頃だ。そこから鍛錬を重ね、ある程度の魔法が使えるのは二十歳《はたち》くらいと言われている。

しかも、エルフと相性のいい風魔法のみ扱える者が大多数で、風以外の魔法を実用レベルで使用できる者は、目の前の老人以外にいなかった。

だがエルウィンはといえば、たった七歳で風の上級魔法を修得し、四大（火、水、風、土）すべての魔法が扱えたのだ。

そして類稀《たぐいまれ》なる創造力と魔法への好奇心で、二十歳を超える頃には、新しい魔法の開発や実用化を幾度も成功させ、四大元素の上級魔法をも使えるようになっていた。その腕前は、歴代一と言われるほどだ。

「生まれて今までたった二十六年しか生きとらん、しかもこのマグナスの森を出たこともないお前のような子どもに何がわかる」

ふっと失笑し、シルフィは余裕たっぷりに己の白髭を撫《な》でさすった。

二十六歳で子どもというのは、人間からすればおかしな話に聞こえるが、千年生きるとされる長命のエルフにとっては、なんらおかしな感覚ではない。二十六歳は子ども、いや、もっと言えば赤子同然だ。

「ぐ……っ、確かにそれはそうだけど！」

出たことくらいある、と虚勢を張るかと思いきや、存外素直に祖父の言い分を認めるエルウィンだからこそ、数百という一族の仲間からは内心「可愛《かわい》い」と思われていることを本人は知らない。

マグナスの森は、ヴァレル共和国内リベリア地方の東の端にある大森林だ。名前のとおり、マグナス家が統括している。ちなみに森の長《おさ》はこの老人、シルフィその人である。

人間の国家ができる前よりも先にエルフが住んでおり、人間が国をつくりはじめた頃、不可侵を条件に名目上の領土となることを承諾して以降、ヴァレルの人間とエルフは相互扶助の関係を保っている。

エルフは人間に魔法教育を、そして人間はエルフに文化や科学の共有を。

争わず交流を深めることで、双方発展してきた。

そして近年、共和国の名に相応《ふさわ》しく、ヴァレルは人間とエルフのほかに、獣人族やドワーフなど、様々な種族が入り混じって生活する大国となり、栄華を極めていた。

「何もエルフはこの森だけにいるわけではないのじゃ。よそのエルフにだって天才はおる。もちろん人間やほかの種族の中にもじゃ」

祖父の言葉に、エルウィンはむっと頬《ほお》を膨らませた。二十六歳の男がやる仕草にしては幼いが、しかし彼の美貌と童顔にはぴったりと合っている。

「魔物ならなおのこと。この世には触れてはならん強大な力を持つ魔物がたくさんおる。東のサーペントや西のグリフォン、ここよりさらに北の山岳地帯にはグーロの集落があるとされておる。やつらと遭遇したら、腕利きの魔法使いでも無傷では済まんのじゃ。いくら才能があろうと実戦経験もないお前が相対したとて、下手をしたら死ぬかもしれん。だからわしはの……」

つらつらと説教が続きそうな気配を感じ、エルウィンは「だああ！」とシルフィを遮って叫ぶように言った。

「あのさぁ！　世間知らずだの実戦経験がないだの言うけど！　それはシルフィじいちゃ……じじいがオレを森の外に出させてくれなかったのが原因じゃん！　それでオレを責められても……」

「まあ、それはそうじゃが」

エルウィンの言うとおり、実はシルフィは彼が森の外に出ることを禁じていた。

しかし意地悪で軟禁していたわけではなく、理由があったのだ。

それは、エルウィンの両親が森の外で殺されてしまったことによる。しかも、犯人は未《いま》だ不明のままで、真相の究明はほぼ諦《あきら》められていた。

当時生まれて間もなかったエルウィンは、だからほとんど両親のことを覚えていない。兄弟もおらず、孤児となった彼をここまで育ててあげたのは、ほかでもないシルフィだった。

両親を殺した犯人も動機もわからないとなると、次に狙《ねら》われるのはエルウィンかもしれない。息子を失った悲しみから、シルフィは森のエルフたちにエルウィンを安全な森の中から出さないようにと言い渡したのだ。

だが最近、エルウィンと同年代のエルフたちから苦情が出るようになった。

「エルウィンほどの実力があっても森を出られないとなると、自分たちは一生森から出られない」

――と。

別に、エルウィン以外の若者たちが森の外へ出ることは禁止してはいなかったのだが、エルフたちは自分の子も殺されるのではと自主的に子どもを森に軟禁するようになってしまっていたのだ。

もちろん、百歳を超える大人のエルフたちは自由に森を出入りしているわけだから、成長するにつれて子どもたちから反発が出ないはずもなかった。

「もういい加減エルウィンを出入り自由にさせてやってくれ」

「事件から二十数年も経っているのだから、今さら問題が起こるはずもない。犯人が人間なら、もうとっくに死んでいるか年をとって衰えているはずだ。そんなやつにエルウィンが負けるはずがない」

シルフィはその声を聞き、しばらく悩んでいたものの、一年経ってようやく自分が過保護に過ぎたことを認めるに至った。

外の世界を知らないエルウィンが自信過剰でナルシストな性格になってしまったのも自分のせいだ、と。

今のところ森のエルフたちには嫌われてはいないが、このまま森の外へ出られない不満が溜《た》まっていけば、その矛先はエルウィンに向くかもしれない。そのときになって、ナルシストっぷりが鼻につきはじめ、爪弾《つまはじ》きになってしまうかもしれない。

確かに、エルウィンには経験こそないが、自分を上回るほどの実力がある。滅多なことでは死にはしない。

本当はシルフィもずっと前からわかっていたのだ。

次代を担う立派なエルフになってもらうためには、エルウィンを囲っていては駄目なのだ、と。

「……じゃからの、エルウィン。そろそろお前にも外出許可を出してやろうと思っとるところじゃ」

シルフィがため息とともにそう言うと、エルウィンはぽかんと口を開けて目を瞬《しばた》いた。

「え……？　いいの？」

この反応も無理はない。なんせ幾度となく懇願したり、家出を試みたりしても、二十六年間頑《かたく》なに森の外に出ることを禁じていたのだから。まさかある日突然あっけなく許可が出るとは思ってもいなかったのだ。

「マジ？」

「マジマジ、大マジじゃ」

てっきり大喜びすると思っていたのだが、エルウィンの目は一瞬だけ輝き、しかしすぐに不安に塗り替えられていく。

「森の外に出て、何をすればいいわけ？」

「したいことをすればよい。ほら、昔言うておったじゃろ。冒険者になりたいとかなんとか……」

幼い頃、大人のエルフに街で冒険者たちに会った話を聞き、エルウィンは目を輝かせていた。そして、言ったのだ。

――オレもいつか冒険者になりたい！

その夢が叶《かな》うというのに。なぜかエルウィンの顔は暗いままだ。

「……不安か？」

シルフィが訊《き》くと、エルウィンはむっと口角を下げて首を横に振った。

「そんなわけないだろ！　早くこんな森出ていきたいって思ってたとこだよ」

「ならば行け。路銀は持たせてやる。そして、世界を知って十分に満足したら、いつでも戻ってきなさい」

ポンッとシルフィがエルウィンの頭にやさしく手を置いた。

それをパシンッと撥《は》ねのけ、エルウィンは腕を組んで言う。

「ふんっ、あっという間にトップランカーになって帰ってきてやるよ！」

「ああ、楽しみにしておる」

かくして、エルウィン・マグナスは、森を出て冒険者になる夢を叶えることになったのだった。

マグナスの森を出て歩く（途中浮遊魔法で飛んだりもしたが）こと数日。

冒険者になるためには冒険者ギルドに登録をしなければならないため、エルウィンはギルドの支部があるというケイロンという街に向かっていた。

森には魔物はほとんどおらず、いたとしてもおとなしいものばかりだったので、エルウィンには戦闘の経験がほとんどない。だが、魔法の才同様、適応能力が高く、あっという間に魔物との闘いに慣れていった。

「思ったより楽勝じゃん。はじめはレベルの低い雑魚《ざこ》ばっか出てくるのはRPGと同じなんかなー？」

魔法の媒介となる長い杖《つえ》（エルウィンのは桜の木でできた特注だ。天辺には純度の高いクリスタルが取りつけられている）を振り回し、風魔法で敵を蹴散《けち》らしながら、エルウィンはぼそりと呟《つぶや》いた。

エルウィンになる前——五十嵐大和は重度のゲームオタクで、RPGやオープンワールド型のゲームは十二分にやり込んでいた。大人たちの話を聞き、魔法の原理と感覚を摑《つか》むと、この世界にはない発想であっという間に魔法を上達させていったというわけだ。

もちろん、元々マナコア（魔法を使うために自然の力＝マナを蓄えるための核。エルフなら誰しも持っており、人間の中にも稀《まれ》に持つ者がいる）が強いというギフテッドアドバンテージもあったが、生まれ持ったマナコアの質は変わらないという常識を覆し、マナコアは成長させることができるという新常識を打ち出したのもエルウィンだった。

マナコアを成長させ、莫大《ばくだい》な魔力を蓄えることができるようになったエルウィンは、手始めに風魔法を超級まで修得し、それからほかの元素すべても上級まで使えるように研究を重ねていった。

やり込み要素の多いゲームを好んでいた大和、もといエルウィンにとって、魔法の修練は決して苦しいものではなかったのだ。嬉々《きき》としてトライ＆エラーを繰り返すエルウィンを見て、周りの大人は感心を通り越してしばしば心配したほどだ。

しかし今ではその努力の甲斐《かい》あって、最初に感じていた不安もなくなるほど、楽々と道中を進めているというわけである。

「最初の村でレベル上げすぎて無双状態になっちゃった……？　もしかして、今のオレって魔王を倒せるレベルなんじゃや⁉」

けたたましい鳴き声を上げながら突っ込んできたイノシシ風の魔物を灰燼《かいじん》に帰《き》しながら、エルウィンはニヤニヤと下卑た笑顔を浮かべている。

確かにエルウィンの実力には目を瞠《みは》るものがあるが、謙遜《けんそん》しないところは少しばかり、いや、かなり残念なポイントだといえよう。

せっかくの美貌なのに、森のエルフたちにモテなかったのはこういうところが原因だ。おかげで二十六歳にもなるのに、エルウィンに恋人がいたことはただの一度もない。

大和だった頃も、オタク全開かつ仕事で忙しく、恋人をつくる余裕もなかった。つまり、生粋の童貞だ。本人は意地を張って、「恋人なんていらないし！」と言っているが、本当はイチャイチャしている恋人たちを横目で見ては羨《うらや》ましく思っているタイプだった。

ついでに言うと、いつか自分に相応しい美少女と運命的な出会いをするのだと妄信してもいた。

ただ、性格のほかにもうひとつ問題があるとすれば、今世では自分自身が美少女のような見た目で生まれてきてしまったことかもしれない。あるいは、性格がこの見た目に起因している可能性もあった。

前世ではモブのような地味なフツメンだったのに、いきなり美形に転生した反動で、浮かれてしまったのではないか。

サラサラで艶《つや》のある美しい金の髪、エメラルドを嵌《は》め込んだようなぱっちりとした大きな瞳《ひとみ》。小ぶりな鼻はツンと尖《とが》り、日に焼けない白い肌の一部にはほんのりと朱が刷《は》かれている。

美形が多いとされるエルフのなかでも、エルウィンは抜きんでて美しいのだ。たとえ性格の問題をクリアしたとしても、自分より美しい男に劣等感を抱かないエルフはなかなかいまい。

誰かが気まぐれに募ったエルフ美少女ランキングでは、男であるにもかかわらずエルウィンが一位を飾ったほどで、それによってますますモテなくなってしまったことを、本人は知らない。

そして着々と旅路は進み、一週間ほどでケイロンへと辿《たど》り着いた。

「わあ……！」

立派な城壁に囲まれた都市ケイロンをその目で見つけたとき、思わずエルウィンは感嘆のため息をついた。

ずっと森暮らしだったため、この世界で巨大都市を見るのは初めてだった。

城壁の上にはドラゴンらしき生き物がいて、街の外を警戒しているようだ。ドラゴンの横には大砲と警備兵が。街の中央にある山の上には、この都市を治める領主の館らしき城が佇《たたず》んでいる。

「すげぇ……。中世ヨーロッパ味もあるけど、どっちかっていうとゲームで見たファンタジーの世界って感じだ！」

城壁の門へと続く道には、人間だけでなく、別の森のエルフや、ドワーフ、獣人も並んでいる。それがますますファンタジーらしさを醸し出していて、エルウィンは田舎者丸出しといったふうにきょろきょろと辺りを見回しながら列に並んだ。

そして自分の番が来ると、エルウィンはシルフィからもらっていた鑑札を門番へ見せ、通行料を支払った。

その際、やけにじろじろ見られるものだから、何か変なことをしてしまったのかとヒヤヒヤしたのだが、こちらを見て密談する門番の会話内容を風魔法で盗み聞きしてみれば、なんてことない、ただエルウィンが可愛すぎるからナンパするかしないか迷っていただけのようだった。

しかし残念ながらエルウィンは男だ。ナンパされたとしても誘いには乗れない。一応男物の服は着ているのだが、長いマントにすっぽりと覆われているため、わからないのだろう。

エルウィンの正体を知らないまま心をときめかせている門番たちに哀れみを込めてふっと微笑《ほほえ》むと、彼らは胸に手を当て「うっ」と小さく呻《うめ》いた。

「本当、オレって罪なエルフだな」

前髪を掻《か》きあげ、エルウィンは呟く。それから、はっとあることに思い至った。

「あっ、そういえば、冒険者ギルドの支部ってどこにあるの？」

肝心のギルドについて、エルウィンはその所在地を知らなかった。なので恍惚《こうこつ》とした表情の門番に訊けば、彼は「ご案内しましょうか!?」と前のめりで訊き返してきた。

「仕事中だよね？　場所さえ教えてくれたらそれでいいんだけど……」

案内を断ると、残念そうに肩を落とし、彼は門から続く大通りを指差して言った。

「この道をまっすぐ行って右手に大きなレンガ造りの建物があります。そこがギルドのケイロン支部です。剣と盾の看板があるので、わかりやすいと思いますよ」

「そっか。ありがと」

礼を言って、今度は微笑みだけでなくウインクも付け加える。「うぐっ」と先ほどよりも大きな呻き声を上げた門番たちを尻目《しりめ》に、エルウィンは門を後にした。

ようやくケイロンの街中だ。外から見たとき以上に、そこにはファンタジーの世界が広がっていた。

活気のある賑《にぎ》やかな声に、嗅《か》いだことのない食べ物の匂《にお》い。

街並みは日本やマグナスの森とは全然違い、西洋風かつ至るところに魔石が散りばめられていた。ちなみに魔石というのは、魔法の使えない種族でも魔法の恩恵に与《あずか》れるよう、魔法の術式が組み込まれた装置のことだ。ケイロンでは魔石を使い、街灯や水道などのインフラを整えているようだった。

もちろん科学もそれなりに発達しているようだが、魔法のほうが圧倒的に便利ということもあって、魔石をつくることができる魔法使いは重宝されているらしいというのは、エルウィンも聞いたことがあった。

ギルド支部を目指して街を歩いている最中、やはり人々の視線は門番のとき同様エルウィンを追う。ぼーっと見惚《みと》れる者、すぐに誰かとヒソヒソ話をする者、「女神だ」と呟いて拝みだす者などなど、反応は実に様々だったが、誰しも共通しているのが、彼の美貌に夢中ということだった。

それがますますエルウィンを増長させ、森にいたとき以上にナルシシズムに浸り、街へ来た興奮も相俟《あいま》って仕草はより芝居めいたものになっていく。ただ、彼の美貌を前にすれば、多少大げさな仕草でもなんの不自然さも抱かせないのだから、質《たち》が悪い。

モデルさながら大通りを闊歩《かっぽ》し、わかりやすい立地のギルド支部へと迷うことなく向かっていく。

勇敢というか身の程知らずな者がたまに話しかけてくることもあったが、エルウィンは「忙しいから」と取りつく島も与えなかった。

「ここか……」

剣と盾の看板に、冒険者ギルドと書いてある建物を見つけ、重厚な木でつくられた扉を押し開く。

ガヤガヤと街よりもうるさい喧噪《けんそう》に顔をしかめ、エルウィンはそうっと中へと身体《からだ》を滑り込ませた。

「うわぁ」

そこには、冒険者になるだけあって、筋骨隆々とした逞《たくま》しい男たちばかりが集まっており、体育会系のむさ苦しい空間が出来上がっていた。自分よりもひと回りもふた回りも大きな男に囲まれ、場違い感が否めない。先ほどまで張られていた胸はいつの間にか萎《しお》れ、背中を丸めて受付を目指す。

が、受付に辿り着くまでに、当然のことながらエルウィンの美貌が冒険者たちの目に留まってしまった。

「なんだぁ？　こんなところに小さなエルフのお嬢ちゃんがいるぞ？」

「とんでもない美人じゃねぇか！」

その声に、ギルド内にいた全員の目がエルウィンのほうを向く。そしてその美貌に、ごくりと唾《つば》を呑《の》む音が至るところから聞こえてきた。

やばいな、と思ったときには遅く、近くにいた武骨な男がエルウィンの手首をがしりと掴んだ。

「いたっ」

ぐいっと引き寄せられ、走った痛みに思わず呻く。

「よお、嬢ちゃん。見ない顔だけど、このギルドは初めてか？　それなら手取り足取り腰取り、俺が教えてやるよ」

男から汗臭い匂いが漂ってきて、エルウィンは顔を逸《そ》らして息を止める。

魔法は得意でも、近接戦闘は苦手だ。この男を倒すのはわけないが、威力の高い魔法ばかりに焦点を当てて研究してきたため、エルウィンは攻撃魔法の力加減が不得意だった。ちょっとのつもりでも男をミンチにしかねないし、下手をすればギルドごと吹き飛ばしてしまうかもしれなかった。そんなことになれば、賠償だのなんだのと金がかかってしまう上、冒険者登録すらさせてもらえないかもしれない。

しかし、こんなか弱そうな美少女（実際は男だが）が困っているというのに、誰も助けてくれないどころか、ニヤニヤと下卑た笑いを貼《は》りつけて見学している馬鹿どもの多いこと。ギルドの職員も見て見ぬふりを決め込んでいる。

しばらく待ってみても、止める人は誰もいない。

――こんなギルド、潰《つぶ》れてしまえばいいのに。

エルウィンは舌打ちしたいのをなんとか堪《こら》え、持っていた杖に魔力を込めた。

軽い風魔法で脅すくらいなら大した怪我《けが》もしないだろう。いや、大怪我をしたとしてももう知らない。もしうっかり建物に損害が出たとしても、正当防衛を主張してやる。止めなかった職員が悪いのだ。

……そう思って、魔法を発動しかけたそのとき。

「何をやってるんだ？」

入口の扉が開き、入ってきた男が声をかけてきた。

二メートルはあるボディービルダーのようなムキムキの体軀《たいく》に、少し癖毛の焦げ茶色のツーブロック。顔立ちは整っているが厳《いか》めしく、必要最低限の軽量アーマーに、背中には大きなアックスを背負っている。老けて見えるが、肌の質感からしてまだ若そうだ。二十歳前後といったところだろうか。

目に魔力を込めてじっと見つめてみる。体軀もいいから武闘系かと思ったが、彼からはそこそこ大きな魔力のオーラが溢れ出ていた。するとあんたの連れなのか？」

「その子、嫌がっているように見えるんだが、あんたの連れなのか？」

低く脅すような声で訊かれ、エルウィンの手を摑んでいた男がわずかに怯《ひる》んだ。その隙《すき》に、エルウィンは手を振りほどき、さっと距離をとって威嚇《いかく》するように杖を構えた。

「連れなんかじゃない。いきなり絡んできて迷惑してたんだ」

エルウィンが答えると、アックスを背負った男は「そうか」と頷《うなず》き、エルウィンを背中に隠し、ぐるりとギルド内を見渡した。

「このギルドの冒険者はみんなこんな下品なヤツらばかりなのか？　弱き者を助けようともせず、それどころか観戦を決め込んで楽しもうとしているなんて、反吐《へど》が出る」

彼の言葉に、傍観者たちは薄ら笑いを引っ込めて、気まずそうに目を逸らした。

「う、うるせぇな！　困ってそうだったから親切に声をかけてやっただけだろ！　ちょっといい女だからって調子に乗りやがってよ！」

エルウィンに絡んできた男が、言い訳のように言った。

「はあ？　下心しかなかったよな？」

すかさずエルウィンも言い返す。怒りが杖を通して滲《にじ》み出て、風がふわりとマントを膨らませた。ついでにバチバチと小さな雷も起こす。それを見て、目の前の男が「ひっ」と顔を引き攣《つ》らせた。

「くそっ、覚えてろよ！」

そして、小物に相応しい捨て台詞《ぜりふ》を吐いてギルドを出ていった。それを見送ってから、アックスの男がエルウィンを振り返る。

「……驚いた。君は魔法が使えるんだな。余計な手出しだったかもしれない」

驚いた、という割にやけに淡々とした物言いだった。エルウィンの美貌にもさしてときめいていないようだった。それにちょっとばかり面白くなさを感じたものの、助けてくれたことには感謝だ。

「ううん、ありがとう。困ってたから助かったよ」

せめてもの礼として、エルウィンは精一杯可愛い子ぶって微笑むと、小首を傾げて上目遣いで男に礼を言った。これは前世の大和が、美少女にやってもらいたかったランキングナンバーワンの仕草だ。

これに喜ばない男はいないだろうと踏んでのことだったのだが、しかしエルウィンの目《もく》論見《ろみ》は肩透かしを食らうことになった。

「いや、当然のことだ」

そう言ったかと思えば、彼はすぐに踵《きびす》を返してさっさと受付のほうへ向かってしまったからだ。ふたりのやり取りを見ていた周りの者たちは、心臓を撃ち抜かれたかのごとく胸に手を当て悶《もだ》えているのに、アックスの男だけが平然とした顔で、なんの未練もないようにエルウィンから遠ざかる。

助けてくれたお礼に少しばかりいい夢を見させてやろうと思ったのに、まさか無反応とは。エルウィンはそのことにショックを受ける羽目になってしまった。

そして数秒呆然自失《ぼうぜんじしつ》したのち、今度は逆にメラメラと怒りが湧《わ》いてきた。自信満々の容姿をスルーされ、プライドを傷つけられたのだ。まったくもって逆恨みだが、ナルシストのエルウィンにその理屈は通じなかった。

（くそ……っ、絶対アイツを落としてやる！　落としたあとに男だとばらして、絶望させてやるんだ！）

助けてくれた恩人だというのに、そのことはすっかり頭から抜け落ちていて、アックスの男は完全に一方的なプライドバトルに巻き込まれることとなったのである。

エルウィンは男に続いてギルドの受付へと向かった。

風魔法で聞き耳を立てると、どうやら彼もエルウィンと同じく冒険者登録に来ているらしい。

名前は、ジェラルド・ディオクレス。二十一歳。人間とドワーフのハーフで、中級の火魔法だけは使えるようだ。

ドワーフは背が低いイメージがあったのだが、人間親のほうが余程大きかったのだろうか。ドワーフの筋力と人間の背の高さがあれば、確かに戦士向きだ。魔力が多めなのも納得できる。

ふむふむと情報を探っているうちに、自分の番がやってきた。アックスの男——ジェラルドは実力試しに試験場へ向かうようだ。

「冒険者登録をお願いします」

先ほどのいざこざをスルーした受付の女性に満面の笑みで話しかけると、彼女は気まずそうに視線を逸らしながら、エルウィンに必要事項を質問していった。

「お名前と種族、年齢、出身地、剣や魔法などの得意分野を教えてください」

「名前はエルウィン・マグナス。エルフ。二十六歳。マグナスの森出身。得意なのは魔法。四大元素の魔法はすべて上級まで使える。風魔法は超級も使用可」

その答えに、受付の女性は目を瞬いた。それからふっと鼻で笑ったので、エルウィンが誇張して嘘《うそ》をついていると思ったのだろう。

「では実力を見てランクをつけますので、試験場のほうへお願いします」

「はーい」

魔法のあるファンタジー世界だが、便利なステータス機能も、魔力量を正確に測る魔水晶などもないらしい。エルウィンのように身体から溢れる魔力を見られる試験官もいないようで、試験官が直接実力を見るというアナログな方法で測定するようだ。まあ、エルウィンも正確な力を見ることができるわけではないが……。

殺しちゃったらどうするんだろうという懸念をしつつ、案内に従ってギルドの裏にある野外試験場に向かうと、ちょうどジェラルドが試験の真っ最中だった。

屈強な試験官の男剣士相手に、アックスを振り回して戦っている。技術もパワーも申し分なさそうで、試験官も若干押され気味だ。隣にいるもうひとりの試験官の女は魔法使いだろうか。ロッドを構えてぶつぶつと呪文《じゅもん》を唱えているが、相棒の試験官とジェラルドの距離が近すぎて、攻撃魔法を打てないようだ。それに気づいた男の試験官が、さっと身を引いてジェラルドと距離をとる。その次の瞬間、激しい水の噴射がジェラルド目がけて放たれた。

さすがに当たるかな、と予想してエルウィンは成り行きを見守っていたのだが、驚いたことに、ジェラルドは炎を纏《まと》わせたアックスでいとも簡単に水魔法を蒸発させると、今度は魔法使いを潰しにかかった。

一瞬で距離を詰め、魔法使いの首元ギリギリでアックスを止める。

「そ、そこまで！」

慌てた様子で剣士のほうが試験終了を宣言した。

(結構やるな。少なくともあの試験官たちよりは上だ)

エルウィンは目を細め、戦い終わったジェラルドを見つめた。

試験官が手加減していたとしても、あの焦りようからしてほんのわずかだろう。一方、ジェラルドのほうは息ひとつ乱れておらず、むしろ彼のほうがその実力のほとんどを出していない。

「冒険者のランクはSからEまであるが、新人は大抵EかFからスタートになる。君の場合、魔法も使えるし筋もいいから、Eランクスタートだな。ギルドカードを発行するから査定表を持って受付に戻ってくれ」

剣を鞘《さや》に納めながら、試験官の男が言った。それにエルウィンは思わず笑ってしまった。いや、わざと試験官に聞こえるように笑ったというほうが正しい。

「……笑ったのは誰だ？　何か言いたいことがあるのか？」

案の定、ムッとした表情で男が振り返った。しかし、エルウィンの姿を認めた途端、見る見るうちに顔を真っ赤に染めていく。

「いや、実力を見てもらうにあたって、一応試験官さんたちのランクはいくつなのか知っておきたいなーって」

エルウィンが上目遣いで質問すると、鼻の下を伸ばして彼は素直に答える。

「俺はBランクだ。ギルドの職員はだいたいCランク以上という決まりがあるが、B以上は十人にひとりもいないんだ」

自信満々そうだが、エルウィンはその答えにがっかりした。この程度でBなら、ジェラルドはAかもしくはそれ以上だろう。もちろん、自分も。

「そうなんだ！　すごーい！」

森での粗暴な言葉遣いはどこへやら、まるで合コンでのOL（偏見含む）のような持ち上げっぷりだ。それに気をよくした試験官の男は、しかし隣の女試験官の冷たい視線ではっと正気に返った。ゴホンッと咳払《せきばら》いをしてから、エルウィンに試験の説明を始める。

「これから、我々ふたりを相手に戦ってもらう。俺の名前はリグリット、こっちはマーシャ。俺は剣で、マーシャは魔法で攻撃をする。もちろん、大怪我をしない程度に手加減するから安心してくれ。えーっと、君の得意分野は、魔法ってことだが、使えるのは……、えっ？」

受付の女性にもらった申告表を見て、リグリットは怪訝《けげん》そうに眉を寄せた。四大元素すべてに丸がついているのだから、にわかに信じがたいのはわかる。

「ええっと、これは嘘じゃないんだよな？　四大元素すべて、しかも上級魔法まで使えるって……」

「えっ？　すべてって、嘘でしょ⁉」

マーシャが驚いた声を上げ、申告表を覗《のぞ》き込んだ。

「もちろん。信じられないなら見せるけど」

「あ、ああ。虚偽があった場合、冒険者登録はできなくなるが、本当にこの申告どおりでいいのか？」

「いいよ」

エルウィンは頷いて、杖を構えた。

「見学してもいいか？」

ふいに、横から声がかかった。ジェラルドだ。まだ受付に行かずに残っていたらしい。

「お好きにどうぞ」

ニコッと微笑みを浮かべたエルウィンに、ジェラルドは「感謝する」とだけ呟いて、少し離れたところで腕を組んだ。やはりエルウィンの美貌にときめいたりもしていない。だが、エルウィンの実力には興味があるようだ。

じっとこちらを見つめるジェラルドの視線に、自己顕示欲がむくりと頭をもたげる。

いや、元々エルウィンは自己顕示の塊ではあるが……、ジェラルドに己の力を見せつけて驚かせたいという承認欲求がますます膨らんでいく。

「では、試験開始だ」

声とともに、剣を振り上げてリグリットが迫ってくる。表情からして、エルウィンの能力については誇張と思って侮っているようだ。

エルウィンは風魔法でふわりと自身を浮き上がらせると、素早く距離をとった。そしてすぐに反撃を開始する。水魔法で氷柱をつくり、試験官ふたりに目がけて放つ。それは難なく弾かれたものの、どの程度までなら力を込めていいのか、まだ測りかねる。

ちなみに、魔法の等級というのは、魔力量と術式の複雑さによって決まる。身体を浮かせる風魔法も氷柱をつくる水魔法も、どちらもさほど難しいものではないため、低級に分類されている。

次に、火力を上げた中級の炎魔法で攻撃してみる。マーシャは魔法で防御したが、防ぎきれなかったのか、右腕に火傷《やけど》を負ってしまった。リグリットも「ぐぬぬ」とものすごく歯を食いしばってようやく弾き返した。

うーん、とエルウィンは空中で静止しながら、顎《あご》に手を当てた。上級魔法を見せるのは吝《やぶさ》かでないが、このふたりに受け止める力は果たしてあるのだろうか。中級魔法でいっぱいいっぱいなのに、上級魔法なんて喰《く》らおうものなら、跡形もなく吹き飛んでしまいそうだ。さっと手を上げ、エルウィンは訊く。

「あの、上級魔法が当たっちゃったら、ふたりとも死ぬかもしれないけど、大丈夫そ？」

中級魔法を受けて、エルウィンの申告が嘘ではなかったと実感しはじめたらしい彼らは、ぎょっと表情を強張《こわば》らせ、お互いに見つめ合ったかと思えば、こくんと頷く。

「し、試験内容を変更する！　的を用意するから、そこに向かって魔法を打つように！」

リグリットが叫び、マーシャが慌てて奥へ引っ込もうとした、そのときだった。

「ちょっといいか」

隅で静観していたジェラルドが、口を開いた。ぱっと三人の視線が彼に集まる。すると、ジェラルドは無表情のまま、

「そのエルフと戦ってみたいんだが」

と手を上げて、言った。

そわっと、心の奥がくすぐられるような感覚に、エルウィンは息を大きく吸い込む。

「……それは、君が的になるってこと？」

「そうだ。いや、違うか。避《よ》けられれば避けるし、反撃もする」

その提案は、エルウィンにとって魅力的なものだった。試験官以上の実力があるジェラルドなら上級魔法でも耐えられそうだし、それに何より、彼の興味が自分に向いたことに満足感を覚えたのだ。

しかし当然のことながら、リグリットがそれを止めた。

「新人の君が上級魔法を受けるなんて、無理に決まっているだろう。そんな危険なこと、許可できるわけがない」

確かに、もしものとき、責任をとらなければならないのはギルドになる。安全な保障がない以上、エルウィンも好奇心だけで人を殺《あや》めかねない行為は避けるべきだ。

「じゃあやっぱり的を使うしかないか……」

エルウィンが残念そうに言うのと同時に、ジェラルドもため息をついた。

「仕方ない。今回は諦めよう」

その後、マーシャが持ってきた的に向かって四大元素の上級魔法すべてをぶつけているとき（もちろん火力を絞ってだ。全力でやると試験場が吹き飛んでしまう）、物騒な物音を聞きつけて、いつの間にか大勢のギャラリーが集まってきていた。

「あのエルフ、全属性魔法が使えるのか⁉」

「手ぇ出さなくてよかった……」

尊敬と畏怖《いふ》が入り混じった様々な声に、エルウィンはふふんと得意になって、もうとっくに炭となった的にダメ押しの超級風魔法を叩《たた》き込んだ。

的は跡形もなく消え、風圧で試験場を囲む木々が根こそぎ持っていかれそうになる。もちろんギャラリーも同様だ。吹き飛んでいく者の姿を目の端に捉《とら》え、エルウィンは慌てて空気の流れを整え、木々も人も元の位置にそっと着地させた。実はただ攻撃するよりもこちらのほうが繊細で難しかったりするのだが、この場にいる者たちにはその業の凄《すご》さは伝わっていないようだった。

——ただひとりを除いて。

「……周囲の空気の流れもコントロールできるのか。すごいな」

ぼそりとジェラルドが呟くのをエルウィンの耳が拾った。

（そうだろう、そうだろう。オレはすごいんだ！）

心の裡《うち》でニヤニヤと笑いながら、エルウィンは浮かせていた身体を地面に降ろした。そしてぽかんと口を開けて呆《ほう》けている試験官ふたりに、査定を仰いだ。

「それで、ランクはどうなるの？」

「えっと、その……」

リグリットは言い淀《よど》み、それからマーシャを振り返る。しかしマーシャにも判断がつかないようで、「支部長を呼んでくる」と駆け出していった。

当然の対応だ、とエルウィンは思った。自分のレベルが高いことは祖父のシルフィと比べてわかっていたし、たまに森にやって来る人間の冒険者たちと比べても、規格外の才能だと自負していた。これでEランクだと言われたら、納得できない。

数分後、支部長だというハーフエルフの中年の女性がやって来て、エルウィンを見るなり、訝《いぶか》しげにスッと目を細めた。睨まれているかと勘違いしそうになったが、魔法の気配がしたから、おそらくエルウィンの魔力量を測っているのだろう。

「見たことのないほどの魔力量だ。マグナスのエルフ……ということは、君はもしかして、シルフィ・マグナスの直系か？」

　鑑定を終えた支部長が感嘆のため息をつきながら訊いた。

「シルフィは祖父だよ。二十五番目の孫のエルウィンだ」

「……ああ。なるほど。君があの歴代最高と呼ばれる魔法使いか。私の名前はガレット・ハーシィ。シルフィとは何度か会ったことがあるけど、いつも君の自慢をしていたよ」

　エルウィンの話は、支部長の耳にも入っていたらしい。シルフィが自慢していたとは知らなかった。しかも、歴代最高の名を冠して。

　その響きに、エルウィンは思わず破顔した。その笑みを見て、先ほどまで化物を見る目でエルウィンを見ていたギャラリーの男たちが、「ううっ」と胸を押さえて悶える。この場で男だとばらしたら、数人がショック死しそうな勢いだ。

「顔は母親にそっくりだな」

　ガレットがぼそりと呟く。

「母を知ってるの？」

　訊き返したエルウィンに、ガレットは肩をすくめて、

「一、二度話した程度だ」

　と答えた。もう少し詳しく聞きたかったが、ガレットはすぐに手を打って、話題を切り替える。どちらにせよ友人ではないのなら、聞いても無駄なことだ、とエルウィンも諦め

て思考を切り替える。今はランクの話だ。

「それで、ランクについてだが、ひとまずはDランクということにしようと思う」

「D？」

ガレットの査定に、エルウィンは首を傾げた。

明らかに試験官たちよりも実力があるのに、Dというのはおかしいのではないか。それはギャラリーたちも同じだったらしく、ブーブーと不満の声とともに親指が下に向けられる。しかし実際は、エルウィンはその査定の内容よりも、

（へー、この世界でもブーイングの仕草ってサムズダウンなんだ）

など、どうでもいいことのほうに甚《いた》く感心していた。

そもそも、少し考えればわかることなのだから、いくらエルウィンのプライドが山のように高くとも、査定への不満がなくなるのは当然のことだった。もちろんジェラルドの低すぎる査定にも、理由はちゃんとある。

新人というのは得てして実戦経験が少ない。試験場などで形式的な戦闘は上手くこなせても、実際に戦場に出てみると使いものにならない場合もある。だから、まずは低いランクで経験を積みながら、徐々に本場の戦いに慣れさせていくのだ。

いくら強いからといっていきなり高難度の依頼を受けさせたら、状況判断もろくにできないまま、くだらないミスであっけなく死ぬこともあるだろう。ギルドはそれを危惧《きぐ》して、

あえて本来より低いランクから始めさせるのだ。いわゆる下積みだ。

「昇級はすぐにできるってこと？」

エルウィンが訊くと、ガレットは「そうさね」といかにも玄人《くろうと》めいた口調で頷いた。

「君ほどの実力があればすぐにAランクになれるだろう。ギルドとしても君のような才能ある子が冒険者になってくれて嬉《うれ》しいよ。慢心せず、日々精進してくれ」

子どもに微笑むようそう言って、ガレットの手はエルウィンの頭を撫でた。少し乱暴な手つきに、祖父を思い出す。

「わかった。まあ、見ててよ」

くすぐったい気持ちになりながら、エルウィンは査定表をガレットから奪い取った。


さて、そうしていよいよエルウィンの冒険者としての生活が始まった。

だが、ギルド支部に来て初《しょ》っ端《ぱな》に起こったことを忘れたわけではなかった。

「ジェラルドのヤツ、一体どこにいるんだ？」

――そう、自分の容姿に微塵《みじん》も興味を示さなかったジェラルドを落とすというミッションが残っているのだ。

魔法の才能には興味を持ってくれたのだからそれでいいじゃないかと思うのだが、エルウィンはなぜかジェラルドへの執着を手放せずにいた。

なんせ、初めてだったのだ。

男でエルウィンに見惚れない者に出会ったのは。

そんなの、前世では当たり前のことだったのに、むしろ存在を無視されるくらいが普通だったのに、いや、そもそも同性である男に見惚れられたって嬉しくないはずなのに、ジェラルドにそれをされるのは、腹が立つ。

「美的感覚バグってるんじゃないか？」

平然としたジェラルドの視線を思い出し、ぶつくさと文句を零《こぼ》しつつ、エルウィンはギルド支部目指して歩いていく。

冒険者登録を完了したその日、ひとまずの寝床にしようと宿屋に部屋を借りたのはいいものの、どんな依頼を受ければいいかわからずに、結局何もせずに一日を無駄にしてしまったのだ。

今日こそは、依頼をこなして冒険者らしいことがしたい。

だが、せっかくならジェラルドと一緒の依頼を受けて、親交を深めつつ、着実に落としていきたいものだ。

そんなふうに思っていると、ちょうど目の前にジェラルドの姿を見つけ、エルウィンはそっと物陰に身を潜めた。

「何やってんだ、アイツ」

風魔法で集音し、会話を盗み聞く。

状況から察するに、どうやら大荷物の老婆に手を貸そうとしているらしいが、ジェラルドの顔があまりにも怖いせいで、親切なふりをした強盗だと思われているようだ。

「不憫《ふびん》なヤツ……」

最終的に、老婆が真っ青な顔で助けを呼びそうになったので、エルウィンは慌てて近づいてふたりに声をかけた。

「お姉さん、どうかした？」

老婆はエルウィンを見て緊張が解けたのか、「お姉さん」と言われたことに気をよくしたのか、ほっとしたようにエルウィンに笑みを見せた。

「あのね、このお兄さんが荷物を持ってくれるって言うんだけど……」

老婆は疑心暗鬼を隠そうともせずジェラルドにチラチラ視線を送る。

「ああ、この人、昨日冒険者になったばかりの人だよ。オ……私も同じ日に登録したから覚えてるんだ。ほら、これが私のギルドカード」

うっかり「オレ」と言いそうになったのを修正し、エルウィンは懐からギルドカードを取りだして老婆に見せた。そして隣で突っ立ったままのジェラルドに肘《ひじ》で合図する。

「あ、ああ。これが俺のギルドカードだ」

意図がしっかりと伝わり、ジェラルドも自分の身分証を老婆に提示し、それを見てようやく老婆も納得したようだった。

「あらぁ、私ったら、疑り深くて……、ごめんなさいね」

「ううん。お姉さんくらい疑ってかからないと、痛い目見ることもあるからね。それに、冒険者にもきっといろいろな輩《やから》がいるから、これを見せたから絶対に安心安全ってわけじゃないだろうし」

「そうねぇ」

うんうんと頷き、それから老婆はようやくジェラルドに荷物を預けた。

「どこまで運べばいい？」

「そこの角を曲がって、突き当たりの家までよ」

エルウィンも手伝おうと、残りの荷物を風魔法で浮かせる。

「あらまあ！　あなた、魔法使いなのね」

驚いた老婆が、小さく拍手をした。老婆とはいえ、仕草が少女めいていて可愛らしい。

自分の前世の祖母もこんな感じの人だったなと思い出に浸りながら、老婆の歩幅に合わせて歩く。

ジェラルドのほうを見れば、彼もまた老婆に合わせてゆっくりと歩いていた。気を遣わせないようにするためか、時折道の脇《わき》にある店を覗き込んだりしている。

（ふぅん。結構いいヤツじゃん）

子どもや老人に優しいのは、エルウィン的にかなり好印象だ。

なんだかんだいって、エルウィンもこちらの世界の祖父、シルフィのことは自分なりに気遣っていた。口が悪いせいで最終的にいつも喧嘩《けんか》にはなっていたものの、家族として大事にしていたのだ。

老婆を家まで送り届け、お礼を頑なに断って、エルウィンとジェラルドは来た道を引き返した。

「……助かった。俺だけでは信用されなかっただろうから」

「まあ、そうだろうね。君、せっかく男前なのに、無表情だから怖く見えるもん」

「そうか？」

自分の顔に手を当て、ジェラルドは首を傾げる。

「今までも声をかけただけで逃げられることがあったが、もしかして俺の顔のせいだったのか」

気がついていなかったのか、とエルウィンは呆《あき》れた。それと同時にイライラとした気持ちが湧いてきて、しかしなんとかそれを治めると、笑顔で愛嬌《あいきょう》を振りまきながら言う。

「ただでさえ大きくて威圧感があるのに、アックスまで背負ってるんだよ？　普通の人は怖いよ。特に子どもや女の人は。だから、ちょっとは愛想笑いでもすればいいのに。表情を変えるだけでも全然印象って変わってくるからさ」

前世のサラリーマン時代もそうだったな、とエルウィンは懐かしい記憶を辿る。

モブ顔で地味な印象しか持たれなかった大和は、入社してすぐ先輩に「笑顔の練習をしろ」と怒られた。

「その気味悪い笑顔だと、印象に残らないどころか、不審者扱いだぞ。仕事がしたかったら、まずは自分の印象から変えてみろ」

片頬だけを吊り上げるような不気味な笑い方しかできていなかったのに気づけたのは、その指摘のおかげだ。

そんなことで仕事ができるようになるのかと半信半疑で一日に何度も鏡を見て練習しているうちに、笑い方は多少マシになり、するとそれに比例してほんの少し周りの人たちの当たりも柔らかくなっていった。先輩の言うことは正しかった。

だから、笑顔の重要性について、エルウィンは身をもって知っているつもりだった。ジェラルドもエルウィンを見習ってニコニコしていれば、多少は物事が円滑に進むはずだ。

そこで気づく。イライラしたのは、昔の自分と重なったからだ、と。

要領の悪いジェラルドを見ていると、あのときの理不尽さを思い出すのだ。まあ、ジェラルドは大和と違って地味顔ではないが、不審者扱いという点では同列だろう。

納得してふむふむとひとり頷いているエルウィンに、ジェラルドが言う。

「でも、君は怖がらなかったな」

「まあね。だってオレは――……」

男だし、と言いかけて、エルウィンは立ち止まった。

(危ない。なんでさらっと打ち明けようとしてるんだ)

こいつを落としてから男だとばらそうと思っていたのに、と口を閉じる。

だが、迷ったのも一瞬、なぜだかそれがとんでもなく馬鹿らしいことに思えてきた。そもそも彼は悪漢から助けてくれた恩人だし、顔で判断しない善良なヤツだと考えれば、あのときあんなに腹を立てた自分のほうがおかしい気がした。いや、気がした、ではなく、間違いなく自分のほうがおかしいと、エルウィンはようやく認めた。

なぜあんなにも意固地になってしまったのだろう。男にどう思われても構わないはずなのに。

はあ、とため息をつき、エルウィンはジェラルドを振り返る。

「だってオレは、子どもでも女でもないし」

結局、エルウィンは悪役になりきれるほど性根が曲がってはいないのだ。良心の呵責《かしゃく》があれば、すぐにでも引き下がる。マグナスの森でも可愛がられていたのは、こういうところなのだろう。

ジェラルドの眉間《みけん》に、わずかにしわが寄せられた。

「子どもには見えないが、女でもないのか？」

「うん。こう見えて男だよ」

エルウィンが頷くのを見て、ジェラルドはわずかにだがふっと微笑んだ。唐突な笑みに、エルウィンの心臓が跳ねる。

やはり、無愛想だが元の顔のつくりは整っていてイケメンだ。

「じゃあ、やっぱり昨日のは余計なお節介だったたな。君は強いし、そもそも女でもなかったのだから」

ドキッとしたのを悟られないように、エルウィンは咳払いすると、後ろ向きに歩きながら言った。

「いや、助かったのは事実。だって、あのまま君が声をかけてくれなかったら、あの男がどうなってたかわかんないし。ギルドだって破壊するところだった。怒ってるときって力加減難しいんだよね」

杖を振り、エルウィンはふわりと浮き上がる。その姿を目で追い、ジェラルドは訊いた。

「これからギルドへ？」

「ああ。依頼をこなして早くランクを上げたいしね。お金だって稼がないと、贅沢三昧《ぜいたくざんまい》できないし」

「それもそうか。俺はべつに贅沢はしなくても構わないが、生活費くらいは稼がないといけない。この街の宿屋は高くつく」

「ふうん。相場を知らないから適当に払っちゃったけど、高いんだ。都会に来たの初めてだから、全然わかんないんだよね」

　転生してこの方、マグナスの森を出たことがないため、エルウィンはこの国の常識や価値観を知らない。一応、森でも通貨は流通していたが、自給自足の生活で金を使うことはほとんどなかった。いわば箱入り息子だ。

「騙《だま》されないようにな」

　まるで子どもに言い聞かせるように、ジェラルドが言う。

「騙されるのは仕方ないとしても、痛い目にだけは遭わないようにするよ」

　肩をすくめて答え、エルウィンは浮かせていた身体を地面につけた。ギルド支部がもう目の前だ。

　扉を開けようとしたところで、「なあ」とジェラルドがエルウィンに声をかけた。

「何？」

　また何かお節介な言葉をかけてくるのだろうか。

　だが、意外なことに、ジェラルドが言ったのはまったく別のことだった。

「君さえよければなんだが、しばらく俺と一緒に依頼をこなさないか？」

「え？」

想像もしていなかった言葉に、エルウィンは目を瞬いた。

「それって、オレとパーティーを組みたいって意味？」

目の前の男を眺めながら、エルウィンは昨日の彼の戦闘を思い出す。

確かに、接近戦はかなり強かった。まだ底を見せていない様子だったし、近接戦闘が苦手なエルウィンにとっては、バランスのいい相棒になる。ジェラルドもそういう意味でエルウィンの魔法使いの腕を買ったのかと思っていたのだが――……。

「まあ、そういうことだ。なんだか君は危なっかしい。俺より強いのはわかっているが、世間慣れするまでは、一緒にいたほうがいいんじゃないかと思った」

先ほどと同じように、子どもを見る眼差《まなざ》しでジェラルドは心配そうにエルウィンを見つめている。

無愛想だと思ったが、よく見ると微妙な表情の変化は読み取れる。だが、大抵の人間（他種族含む）はそこに気づく前にジェラルドに恐怖を抱いてしまうのだろう。

はあ、と盛大なため息をつき、エルウィンはふた回りほど大きなジェラルドを見上げる。

「あのさあ、オレからすれば君のほうが危なっかしいんだよ。さっきも不審者だと思われてたの忘れたわけ？」

「あ、ああ。そうだったな。さっきは助かった」

ジェラルドはエルウィンが心配だと言うが、エルウィンもジェラルドが心配だ。今のままでは彼の親切は伝わらないどころか通報モノの案件になってしまう。

それならいっそ、金にならない親切などやめてしまえと言いたいところだが、言ったところでジェラルドはわからないしやめないだろう。そんな気がした。

となると、彼の申し出は都合がいいのかもしれない。お互いの苦手分野を補えるのだから。

「君はオレに世間の常識を教える。オレは君に愛嬌の振りまき方を教える。これでトントンじゃない？」

エルウィンの言葉に、ジェラルドがはっと目を見開いた。

「それは、パーティーを組んでもいいということだろうか」

「うん。君、結構強いし、相性はいいと思うんだよね」

「本当か？」

念を押すようにジェラルドが問い返す。

「本当だよ。オレの見立てでは、試験官よりも格段に上だったし、基礎値も潜在値も高そうだから、レベリング次第ではすぐにAランクには行けると思うんだよね」

エルウィンはつい、前世のゲーム知識を持ち出してペラペラと説明する。

「基礎値？　レベ……？」

現実世界においては使わない言葉だったため、ジェラルドの眉間がわずかに寄った。

「あっ、ううん。筋がよさそうって意味」

ぶんぶんと手を振り、誤魔化《ごまか》すように微笑んで小首を傾げる。

「そうか。俺の腕を褒めてくれているのならよかった」

危ない危ない。エルウィンは内心でため息をつき、ギルドの扉を押し開いた。

中にいた冒険者たちの視線が集まり、エルウィンの姿を目にした途端、ぎょっとする者、見惚れる者に反応が分かれた。ぎょっとしているのは確実に昨日の実技試験を見た者だろう。エルウィンが強者《つわもの》だと知り、下手にちょっかいがかけられないのだ。見惚れている者の中には、昨日も見た顔があったが、エルウィンの化物じみた魔法を見ても恐れないのは、なかなかに根性がある。

それらを尻目にエルウィンは受付のほうに歩きながら、ジェラルドに言った。

「じゃあ、さっそく何か依頼を受けてみようか。昨日の説明だと、パーティーの過半数以上のランクと人数に合わせて依頼を選べるみたいだ。オレがDだから、少人数向けのDの依頼も受けられるってことだね」

「ああ。よろしく。……そういえば、名前を聞いていなかった。俺はジェラルド・ディオクレス。アックス使いの戦士だ」

そういえばすっかり忘れていた。エルウィンはジェラルドの情報を盗み聞いたから、お互いすでに知っているものだと思っていた。

「オレはエルウィン・マグナス。四大要素を扱える希少な魔法使いだ。こんな見た目でも二十六歳だから、そこのところよろしく」

右手を差しだすと、ジェラルドの節くれだった手がすぐに握り返してきた。大きくてゴツゴツしていて、硬い。まさに戦士の手だ。

「俺は二十一だ。年上だったのか。エルフは見た目では判別できないというのは本当だったんだな」

「君もドワーフと人間のハーフなんじゃないか？　ドワーフもエルフと同じで長命だと聞くし……」

言っている途中で、はっとする。種族のことも直接聞いたわけではなかった。さすがに怪しまれるかと思い、恐る恐るジェラルドの様子を窺《うかが》う。

だが、

「すごいな。そんなこともわかるのか」

エルウィンの観察眼のせいだと信じてくれたらしく、本当に驚いていそうな顔をしていた。

「ま、まあね」

ふふん、と横髪を掻きあげ、エルウィンは得意げに胸を張ってみせた。

とにかく、ジェラルドとパーティーを組むことになり、ようやく冒険者らしいことができるのだ。胸を高鳴らせ、いざ受付へ。

しかし。

「パーティーを組むなら、パーティー名を登録してください」

予想外にも、ギルドには厄介な慣習があるようだった。受付嬢（昨日の失礼な人とは別人だ）にそう言われ、エルウィンは顔をしかめた。

「パーティー名？」

「例えば、Sランクのパーティーの漆黒の暴れ牛とか、Aランクのグリーン・シーカーとか、いろいろありますよ」

「漆黒の暴れ牛……」

なんだそれ、黒毛和牛か、と内心でつっこみつつも、エルウィンはジェラルドを振り返った。

「どうしよう……」

「俺はなんでもいい」

素っ気なく言い捨てて、ジェラルドは腕を組んだ。その仕草にムッとする。

（オレだけじゃなくて、お前のパーティー名にもなるんですけど!?）

「厨二病《ちゅうにびょう》チックなのでいいなら適当につけるけど」

自棄《やけ》になってエルウィンは言う。

った。

「こっ恥ずかしいヤツってこと」

にやりと片頬を吊り上げたエルウィンを見てもなお、ジェラルドはどうでもよさそうだった。

「好きに決めてくれ」

エルウィンはしばし悩んだ。

厨二病を患《わずら》ったような名前にしてジェラルドに恥をかかせるのは吝かでないが、後々その名で呼ばれてエルウィンまで精神的ダメージがないものにしなければならない、と土壇場で思い直す。

何がいいだろうと視線を下に向け、エルウィンは考える。そのとき、ジェラルドが背負っていたアックスの柄に何気なく触れた。

それを見て、思いつく。

「じゃあ……――ウィンディ・アックス」

「君の風魔法と俺のアックスか」

得意な要素を入れただけの安直な名前に、提案した当の本人であるエルウィンは白い肌をほんのりと赤く染めていく。

厨二病を抑え気味にしたつもりだったのに、思った以上にこっ恥ずかしい名前になってしまった。

「う、うん。あとは、名前にもかかってる。ウィンと、ディね」

咄嗟《とっさ》に思いついて、付け足す。

「なるほど。今思いついたにしてはひねりがあるな」

表情を変えずに頷くジェラルドに、エルウィンの顔はますます赤くなった。

「褒めてる？」

「……？　ああ」

なんでそんなことを訊く、とジェラルドは不思議そうだ。

きっと、本当に言葉どおりの意味しかないのだろう。ジェラルドはおべっかを言うような人ではない、とエルウィンは信じることにした。

パーティー名を記入した登録申請用紙を受付嬢に渡し、正式にウィンディ・アックスはふたりパーティーとして登録されることとなった。

「おふたりは新人ですから、くれぐれもはじめから無茶な依頼を受けないように」

「はーい」

ギルドカードには、新たにパーティー名が記載され、装飾が少しばかり豪華になった。

「個人のランクとは別に、パーティーランクも記載されるんだな」

ジェラルドがカードを見ながらしみじみと言った。昨日説明を受けた、パーティーの過半数の～というヤツだ。

「Dランクスタートだけど、オレたちならすぐにSランクに行けるって」

「精進しよう」

お気楽なエルウィンと違って、ジェラルドは真面目《まじめ》だ。冒険者になるために、きっと修業もたくさんしたのだろう。そして強くなることの難しさを知っているからこそ、見栄を張らない。

こういう謙虚さが身につくよう彼の祖父、シルフィはエルウィンを森の外にやったのだが……。

「大丈夫大丈夫。オレが鍛えてあげるからさ！」

謙虚さを望まれた本人はこの調子だ。

しかし、ジェラルドはエルウィンの傲慢《ごうまん》さを傲慢と受け取らず、それどころか嬉しそうにうっすらと微笑んだ。

「頼もしいな」

不意打ちの笑顔に、エルウィンはまた胸の辺りがざわつくのを感じた。

顔はいいのだから、もっと笑えばすぐに皆ジェラルドを好きになるだろうに。そう思ったものの、笑顔のジェラルドが老若男女に囲まれているのを想像して、顔をしかめた。

自分以上にジェラルドがモテるのは嫌だ。

妄想に腹を立てていたところに、ポンッと誰かがエルウィンの肩を叩いた。振り返るとそこには、灰色の長い髪を後ろで一括《ひとくく》りにした男が立っていた。いかにも冒険者という出で立ちで、腰には剣を佩《は》いている。

ナンパか、と思ったのは一瞬で、男の顔に妙な下心がないのを確認し、エルウィンは愛想笑いで訊《たず》ねた。

「何か用？」

ジェラルドは横でピリピリと殺気を放っている。

しかしそれにもめげずに、男は訊いた。

「君、昨日の新人エルフの子だろ。そいつとパーティー組むの？　俺も入れてくんない？　剣の腕ならまあまあまあるよ」

「あー……」

笑顔を崩さないまま、エルウィンは男の全身をくまなくチェックした。

装備品はなかなかいいものを揃《そろ》えている。纏う雰囲気も雑魚っぽくはない。おそらくそこそこのランクなのだろう。

エルウィンの美貌に魅了されているわけではなく、魔法使いとしての能力を認めての声かけだ。

――だが、足りない。

彼から溢れ出る魔力のオーラは、ジェラルドと比べてもかなり少ない。

「ごめんねー。まだ難しい依頼は受けられないし、人数多すぎると分け前減っちゃうから、もっとランク上がってから検討するね」

当たり障りのないように、エルウィンはもっともらしい理由をつけて申し出を断ることにした。ジェラルドの意見は訊いていないが、顔を見る限りはエルウィンと同じ考えだろうと理解した。

「そっか、残念。そのときは頼むよ」

はじめからすんなりと受け入れられるとは思っていなかったのだろう。男はあっさりと引き下がると、手を振って去っていった。

聞き分けのいい男でよかった、とふたりがほっとしたのも束《つか》の間、しかしそのやり取りを近くで見ていたガラの悪そうな男が「マジかよ！」と茶化した声を出した。

「Bランクのカイルさんの誘いを断るなんて！」

安っぽい装備に貧弱な身体、腕には蛇のタトゥー。顔の美醜は能力に関係ないにしても、あまりに底意地の悪さが滲み出ていて、エルウィンは汚い物を見る目で男を見た。そもそも関係ない人間が割り込んでくるのは余計なお世話というものだ。

「へー、さっきの人、Bランクなんだ」

愛想笑いさえも引っ込めてエルウィンが平坦な声で返すと、男は恥をかかされたと思ったのか、カッと顔を赤くした。

「チッ。お前、新人って話だけど、いい女だからって調子乗ってるな。俺が躾《しつ》けてやろうか？　ああ？」

案の定、逆上した男がエルウィンの前に立ち塞《ふさ》がった。昨日のエルウィンの試験を見ていないのだろう。

「おい、やめとけって」

近くにいた別の男が怯《おび》えた様子で引きとめるものの、醜悪なタトゥー男は持っていた小刀を構えた。

さすがに黙っていられない、とジェラルドが前に出そうになったのを、エルウィンはわずかに微笑んで止めた。ジェラルドは肩をすくめ、引き下がった。

「そういうお兄さんはランクいくつなの？」

にこぉっとやりすぎなほどの笑顔でエルウィンが訊く。

「どうでもいいだろ！」

確かにどうでもいいかもしれない。だが、他人のランクでイキッといて、新人いじめをするような輩は、痛い目を見せておかないと自分たち以外の新人がカモにされるかもしれない。あるいは、もうされているか。

「そこの人、ドア開けといてくれる？」

やめとけと窘《たしな》めた男にエルウィンは言う。彼はそそくさとギルドの出入口の扉を開けた。

「よそ見してんじゃねぇ！」

杖を構えもせず、ほかの人間と話すエルウィンに今度こそブチ切れて、タトゥーの男が突っ込んでくる。

エルウィンに小刀が届きそうになった瞬間、カンッと杖が地面を叩いた。

それと同時に、ぶわりと風が舞い上がり、男は開け放たれた扉からギルドの外へと吹き飛んでいく。

「う、うわぁぁあ！」

情けない声で尻もちをつき、上から同じように飛ばされていた小刀が降ってくるのをすんでのところで躱《かわ》す。

「言わんこっちゃない」

騒ぎを見ていた周りの者たちが、呆れたようにため息をついた。

「くそっ、このアマ……」

力の差は歴然だというのに、タトゥーの男はまだ理解していないようで、立ち上がってすぐにまた小刀とともに突っ込んでこようとする。

「せっかく外に出したのに、戻ってくるのか」

エルウィンはコバエを払う仕草をした。

それにしても、さっきの魔法のコントロールは完璧《かんぺき》だった。

力加減が苦手なエルウィンだが、浮遊魔法だけは緻密《ちみつ》なコントロールが要求されるため、昔から鍛えていたのが功を奏した。先ほど老婆の荷物を浮かせたときに思いついた攻撃転用だが、うまくいってよかった。対象だけを上手に狙い、建物にはほとんど傷はついていない。

もう一度、今度はもう少し強めにやってみようかと杖を鳴らそうと振り上げる。

だが、その前に、男は目の前で盛大に転び、床に額を擦《こす》りつけてしまった。どうしたのかと思えば、なんてことはない、ジェラルドが足を引っかけたのだ。

「魔法なんて使わなくても、この程度で十分だ」

ジェラルドの台詞に、見守っていた観客から笑いが起こった。確かにこの男相手なら、エルウィンでも魔法なしで勝てる気がする。

「くそっ、くそっ！　ちょっと魔法が使えるだけでいい気になりやがって、クソアマがよォ‼」

負け犬の遠吠《とおぼ》え――と言っては犬に失礼だなと思いつつ、エルウィンは男の近くに落ちていた小刀を回収し、魔力を込めてぎゅっと握った。小刀はまるで飴《あめ》細工のようにドロドロに溶け、男の鼻先にぽたぽたと落ちていく。

「ひっ」

笑っていた連中もさすがにエルウィンの魔法にドン引いたらしく、戸惑った空気に包まれた。

「やべぇ女だ……」

とひそひそ話しているのがあちらこちらから聞こえ、エルウィンはどうしようかと逡《しゅん》巡《じゅん》した。このまま男であることを黙っていてもいいことはないかもしれない。女だと思って優しくしてくれるよりも、厄介事のほうが多い気がする。

しばらく考えた結果、エルウィンは自分の性別を皆に打ち明けることにした。

「あのさぁ、さっきから女だのアマだの言ってるけど、オレ、男だよ」

ざわついていた空気が、一瞬で凍りつく。

そして、次の瞬間。

「え、えええええ⁉」

とんでもなく大きな悲鳴がケイロンの街全体に響き渡った。

「いやあ、面白かった」

ショックで呆然としている冒険者たちの顔を思い出し、エルウィンはニヤニヤと下卑た笑いを浮かべた。

魂の抜けたような顔をしている者もいれば、外れた顎を必死になって戻そうとしている者もいた。

「お疲れ様。これでしばらくは君にちょっかいをかけてくる無謀なヤツもいなくなっただろう」

ジェラルドが言い、依頼の貼ってある掲示板のほうへ向かう。

「だといいね。それにしてもすごい阿鼻叫喚《あびきょうかん》。オレってほんと罪なエルフだな」

大仰に髪を掻きあげ、冗談半分で言ったつもりだった。

だが、ジェラルドは真顔で頷いて返事を寄越す。

「まあ、君は魔法だけじゃなく見た目も美しいからな」

「えっ」

ストレートな誉《ほ》め言葉に、思わずエルウィンは驚きの声を上げてしまった。

「なんだ？」

不思議そうにジェラルドが振り返った。

「いや、君もそう思ってたのが意外で……。オレの容姿を気にしてる素振りも全然なかったしさ」

助けてくれたときも、デレデレしている様子は微塵も感じなかった。だからこそ余計に、エルウィンの（無駄な）闘志に火がついたというのに。

「そうか？　初めて見たときは、こんなにも綺麗《きれい》なエルフがいるのかと驚いたぞ？　男だと聞いたときも驚いた。君はまるで宗教画の天使のようだし、いつもキラキラとオーラを纏って輝いているから、女性だとすっかり信じ込んでいたが……」

つらつらと褒めそやす言葉を並べられ、エルウィンはじわじわと耳が熱くなってくるのを感じ、長い耳をパタパタと振って冷まそうとする。ちなみにだが、エルフの中でも自由に耳を動かせるのは珍しいらしい。

「ええー？　嘘だあ。無表情だったじゃん。照れたりもしてなかったしさ。オレに興味持たない男って珍しいなって、ちょっと悔しかったんだよね。普通、あんなふうに美少女を助けたら、助けたお礼にデートしてくれ～とか言ってくるものだし……」

恥ずかしさを上塗りするため、わざと茶化した口調でエルウィンは言った。

だが案の定、ジェラルドは首を横に振った。

「俺は人を見た目で判断して態度を変えるようなことはしない」

「はいはい。そうだよね。堅物っぽいもんね」

「君も言っただろう。無愛想だって」

今なら、少しはジェラルドの感情の機微は見抜ける。もし昨日、彼をよく観察していたなら、わずかにでも自分に見惚れているのがわかったんじゃないかと思うと、惜しいことをした気分になる。

「もうちょっと感情が表に出るように、そっちもオレが鍛えてやるよ」

「ああ。よろしく頼む」

頷いて掲示板へと向き直ったジェラルドの横顔を、エルウィンはじっと観察する。

あれだけ誉め言葉を言ったのだから、自分だけでなくジェラルド本人も照れているはずだと思ったのだが、表情からはまったくもって照れは感じられない。

「ちぇっ」

やはりまだまだジェラルドはわからない。

小さく悪態をついて、エルウィンも掲示板を覗き込んだ。

ギルドの依頼というのは、依頼主が冒険者を指名して頼むものもあれば、こうして掲示板に貼りだして、冒険者が依頼を受けるかどうかを決めるものもある。後者のほうが一般的で、前者は難しい依頼内容の場合がほとんどだ。その分報酬も高く、プラスで指名料ももらえる。しかし、当然のことながら、基本的にAランク以上の仕事しかない。

「どれにしようかな。Dランクの依頼って、パッとするものがないなあ。魔物討伐とか派手なのないの？」

「さすがに新人には荷が重いだろう。いくら君が強いといっても、まずは堅実に簡単そうなものからやってみるべきじゃないか？」

ぶーぶーと文句を言うエルウィンをジェラルドが諫《いさ》める。

「うーん、慣れるまでは仕方ないか」

そう返しつつも、エルウィンはDランクの中でも魔物と戦えそうなものを吟味していく。

しばらくして、ジェラルドがポンッとエルウィンの肩を叩いた。

「この依頼はどうだ？」

彼の指差したところに貼ってあるのは、素材集めの地味な依頼だった。

「えー、素材収集か……。グミキノコにドミフラワーの採集……」

あからさまに気乗りしない様子のエルウィンに、ジェラルドがふっと笑った。

「魔物討伐がしたいと言っていたな。それならこの依頼がベストだと思うぞ」

「えっ、どういうこと？」

討伐の二文字に、エルウィンの顔がパッと輝いた。

「採集場所は俺がケイロンに来る前に通ってきた道の近くだ。道を外れるとそこそこ強い魔物も出る。一般人が通るには護衛必須《ひっす》の場所なんだ」

「だからただの採集なのにDランクなのか」

普通の採集なら、Fランクでもできる。それがEでもないとなると、少しは期待できそうだ。

「ところで、君は実戦経験あるの？　まさかここに来るとき護衛つけてたとかじゃないよね？」

そんなことはないだろうと思いつつ、からかうように訊く。しかしジェラルドはむっとした様子もなく、淡々と訊き返してくる。

「ああ。むしろ無償で護衛していた側だ。問題なく魔物も倒せていた。君こそ、実戦経験はあるのか？」

「マグナスの森からここまで、ひととおり倒してきたよ。問題ない」

「頼もしいな」

頷いて、ジェラルドは貼りつけてあった依頼書をほかの冒険者たちがするようにビッとピンから引きちぎった。

「じゃあ、この依頼にしよう。すぐに出発するか？」

「そうだね。日が暮れる前には帰ってきたいし」

エルウィンも頷いて、再び受付へと歩きだす。


グミキノコとドミフラワーの群生地は、ケイロンの西北に位置する、ドミナド小道という道から少し森の中へ入ったところにある。

グミキノコは文字どおり、グミのようにブニブニとした触感と味の色とりどりのキノコだ。貴族や大商人の子ども向けに人気だという。

ドミフラワーはドミナド原産の青色の花で、獣人族に数十年に一度流行《はや》る病に効く薬の原料になるらしい。獣人にとっては必須の花で、病が流行れば高値で取引される。ただ、今は流行時期ではないため、お値段控えめだ。

魔法にも回復系の水魔法があるが、それもゲームのように万能ではなく、治癒力を上げることしかできない。変異してしまった細胞まで治せるものではないし、毒を取り除けるものではないので、前世と同じく薬学が必要なのだ。ただ、エルウィンはほかの元素魔法も混ぜて、解毒や細胞修復もある程度ならできるというチート持ちだったりする。

あとは、エルフに伝わる古代魔法の研究もしていて、そのときに究極の回復魔法のやり方も発見した。ただ、これは代償が大きすぎるので、非常事態になった場合のみの一回きりしか試せない。しかも、シルフィでさえ使ったことのある者を知らないというから、書物にはあっても本当に使えるかどうかは不明なままだ。

まあ、兎《と》にも角《かく》にも、魔法使いであれ一般人であれ、薬草収集は必要で大切な仕事だった。

「天気がよくてよかったね」

目的地に着くまで特に問題はなく、たまに弱い魔物が襲いかかってくるのを撥ねのける程度だった。

グミキノコを採集しつつ、時折味見もしながら、最初あれだけ不服そうだったエルウィンは「採集も結構楽しいじゃん」と鼻唄を歌う。

ジェラルドのほうはドミフラワー採集だ。似たような花があるので注意しつつ、顔や体格の割に細かく丁寧に根についた土を取り除き、籠《かご》に入れていく。

あらかた集め終わり、このくらいでいいだろうとエルウィンは立ち上がって伸びをすると、ジェラルドに声をかけた。

「暗くなる前に帰ろうか。査定もしてもらわなきゃだし」

もうじき日が暮れはじめる。この時期は午後五時を過ぎればあっという間に太陽が隠れてしまう。

「そうだな」

丁寧な仕事だったにもかかわらず、ジェラルドの籠はドミフラワーでいっぱいになっていた。丁寧なうえに仕事も早い。

「意外とやるね」

「子どもの頃に似たようなことをやっていたからな。食材集めや危ないことは俺の仕事だったんだ。母は普通の人間で、ドワーフほど力はなかったからな」

「へえ。オレはろくに手伝いなんてしなかったな。基本的に魔法の研究ばっかりやってて、じいちゃんがご飯の用意もしてくれてたし……」

そう考えると、エルウィンは相当溺愛《できあい》されていたなと実感する。好きなことだけを好きなだけやっていればよかったのだから。

かあっと頬が熱くなる。自分のほうが五つも年上のはずなのに、これでは大人と子どもくらいの差があるではないか。前世では自立した社会人だったし、今世もひとりで生活できると子どもの頃から自負していたエルウィンだが、実際はどうだ。シルフィに頼りっきりで、たまの手伝いだけで「自分はよくやっている」と思い込んでいた。

——あの子は両親がいないから……。

周りにそう言われ、優しくされることに慣れてしまっていた。シルフィもきっとそう思っていたに違いなく、口うるさく怒りつつも、いつも哀れみが滲んでいた。

だから、自分は甘やかされて当然なのだと、心のどこかで開き直っていたのかもしれなかった。その美貌と魔法の才も相俟って、なおさら。

「のびのびと育ったんだな」

エルウィンの境遇を恨めしそうにするでもなく、ジェラルドは目を細めた。

「苦労は今からするよ」

若干の後ろめたさを覚えつつ、エルウィンは頷いた。

籠いっぱいのグミキノコとドミフラワーを背負いながら、ふたりは来た道を引き返していく。魔法使いであるエルウィンはまだしも、戦士のジェラルドは籠を持っていたら戦いにくそうだ。行きは空だったから動いたところで問題はなかったが、満杯の今は動くたびにドミフラワーが零れてしまいそうになっている。

「こんなときにアイテムボックスがあればなー……」

――もしくは四次元ほにゃらら。

青色の猫型ロボットを思い浮かべたエルウィンは、お腹の辺りを撫でさすった。空間魔法は未だ開発されていない。エルウィンが過去に研究していたものの、なんの糸口もなく無理だと諦めてしまった。

「アイテムボックスってなんだ？」

ジェラルドが訊く。それに、「こっちの話」と首を振り、エルウィンは再び歩きだした。そして数歩進んで思い出す。

「あっ、そうだ。敵が来たら籠は置いて戦いなよ。籠に防御結界を張るから、荷物の心配はしなくていい」

「そんなことができるのか？　便利だな」

「知りたいなら今度教えるよ。土魔法だけど」

「残念ながら、俺は火魔法しか使えない」

ジェラルドが肩をすくめた拍子に、ドミフラワーが一輪籠から零れ落ちた。それを拾って、エルウィンは籠に戻しながら言う。

「大丈夫だよ。マナコアがある人は、基本的にどんな属性の魔法でも使えるんだ。オレだって、最初は風魔法しか使えなかったんだよ？」

「そうなのか？」

信じられないのか、ジェラルドは怪訝そうに眉間にしわを寄せた。

「うん。それに、マナコアは鍛えられるんだ。今は中級魔法しか使えなくても、練習すれば魔力量も増えるし、上級魔法だって使えるようになる。誰だってオレくらいの魔法使いにはなれる可能性を秘めてるんだ」

「ちょっと待て。マナコアは生まれたときから容量が決まってるんじゃないのか？　そんな話聞いたことがない」

「鍛え方があるんだよ。オレは二十六年鍛えて、当初の十倍以上にはなってる」

「ハーフドワーフの俺でもできるのか？」

「もちろん！」

大きく頷いたエルウィンを見て、ジェラルドは唇をぎゅっと引き結んだあと、わずかに微笑んだ。

「君が手取り足取り教えてくれるなら、できそうな気がするな」

「うん。君、才能ありそうだし、イケると思うよ」

エルウィンは、魔法研究のほかにもマグナスの森でエルフたちに魔法を教えていた。真面目に取り組むエルフならば、数年がかりで風以外の元素魔法を使えるようになったという実績がある。

ただし、発想が柔軟な者に限った話だ。

エルウィンの説明は、抽象的すぎて決して教えるのが上手いというわけではなかったのだ。本人も感覚で魔力を使っているため、口で説明するのに難儀していた。様々な比喩《ひゆ》でなんとか表現し、それをうまく噛《か》み砕くことができる者だけが育っていった――という経緯がある。

正直エルウィンも自分が教育者に向いていないことは自覚している。しかし、なんとなくジェラルドも自分と同じ感覚派な気がして、案外うまく育ってくれるのではと思っている。なんの根拠もない、ただの期待だと言えばそれまでだが。

頭の中で訓練方法を考えながら、再び鼻唄を歌う。

しかし、数秒もしないうちに、エルウィンは真剣な顔になって杖を構えた。隣に並んだジェラルドも、同じように顔を強張らせている。くいっと顎で指示するとすぐ、彼は背中の籠を足元に置いてアックスを構えた。

「十メートル先、右に二匹、左に三匹。真正面に一匹だね」

茂みの中から、中型の魔物の気配がする。集団で行動していることを考えるとおそらくウルフ系の魔物だろう。

エルウィンの索敵に頷いて、ジェラルドがトンッと地面を蹴ったかと思えば、ものすごい勢いで真正面の敵に突っ込んでいく。向こうもまさか突っ込んでくるとは思っていなかったようで、驚きの咆哮《ほうこう》が聞こえてきた。

「あーあー、作戦も立てずに行っちゃった……」

それが信頼の証《あかし》とも取れるが、互いに実力がなければ成り立たない。まだ相手のすべてを知ったわけではないのに、あまりにも短絡的だ。

あとで説教だな、とため息をつきつつ、エルウィンは籠に防御魔法をかけ、同時に雷撃を茂みの中に打ち込んだ。ギャンッと悲鳴を上げ、魔物が茂みから姿を現す。やはりウルフ系で、灰色の毛並みに大きな尻尾《しっぽ》、そして額の天然魔石が特徴的なバイウルフだ。

ちなみに天然魔石というのは、魔法使いが石に魔力を込めて人工的に作った魔石とは違う、魔物から採れる魔力の籠《こ》もった石のことで、貴族間では高値で取引されている。術式が組み込まれているわけではないので、その魔物が得意な攻撃魔法が魔力切れまで使える代物だ。日常生活には使えないが、いざというときのお守り代わりになる。

「天然魔石っていくらするんだろう。確か金持ちにめっちゃ需要あるってじいちゃんに聞いたことがあったな。壊すのはもったいないか」

エルウィンの範囲魔法だと、まとめて焼き殺すかズタズタに切り裂いてしまう。そうなればせっかくの魔物も台無しだ。できればいい状態で締めあげて、魔石や毛皮を買い取ってもらいたい。これだけいればきっといい値になる。

「どうしようかな」

うーん、と唸《うな》っているあいだにも、残りのバイウルフが今にもエルウィンに飛びかかろうとしていた。それをエルウィンは風魔法で往《い》なし、五匹まとめてふわりと浮かした。

そしてその状態のまま、どうしたらなるべく傷をつけずに仕留められるか、しばし考える。

そのとき、けたたましい咆哮が鳴り響いた。

ジェラルドが少し離れたところでバイウルフの一匹を打ち倒していたのだ。アックスの切創は思ったより鋭利で、きれいに胴体と首をふたつに分けていた。

これなら、とエルウィンは指を鳴らした。その拍子に魔法が解け、バイウルフは地面へと落ちていく。立ち上がったバイウルフたちは、どうやらエルウィンに恐れをなしたようで、文字どおり尻尾を巻いて逃げ出そうとした。

「あー、ダメダメ。君たちはオレの金づるなんだから」

ゆるりと杖を振り、風で壁をつくりだす。バイウルフの逃げる方向を狭め、あえてジェラルドのいるほうへ誘導した。

「そっち行ったよ！」

声を上げ、エルウィンはジェラルドに手を振った。

「任せろ」

一瞬顔をしかめたように見えたが、ジェラルドはアックスをテニスのラケットのように片手で構え、突進してくるバイウルフ五匹の首を一瞬のうちに薙《な》ぎ払った。

まさに瞬《まばた》きのあいだの出来事だった。エルウィンはカンッと杖を打ち鳴らし、切断面に膜を張って防腐処理を施した。

「おー、予想以上にいい腕してるね」

五匹くらい大丈夫だろうと思ってはいたが、こうもあっさり片付けるとは。倒すにしてももう少し時間がかかると思っていた。

見事な切り口を眺めて言うと、ジェラルドは首を横に振った。

「君こそ、本当はひとりで倒せたんじゃないか？　わざとこちらに向かってくるよう仕向けただろう」

どういうつもりだ、と責められている気がして、エルウィンは「あはは」とわざと声を立てて笑って言った。

「あっ、ばれた？　でも意地悪でやったわけじゃないんだ。オレがやると消し炭になっちゃうからさ。魔物の素材もキレイなまま残しといたほうがいいだろ」

一匹目でジェラルドの実力に申し分がないことはわかっていた。が、やはり事前に言っておくべきだったかと後ろめたさにエルウィンの笑顔が少しだけ引き攣った。

だが、ジェラルドは納得したように頷いて、言った。

「なるほど。君が追い込み役で俺が仕留め役ということだな」

「……！　そうそう！　このくらいのレベルの魔物なら全然余裕で倒せるだろ、ジェラルドなら！」

　怒られないことに安心して大仰に褒めるエルウィンに、しかしジェラルドは瞬きだけを返した。

「……」

　じっと無言でこちらを見つめてくる彼に、エルウィンは再び焦りはじめる。

「な、何？　オレなんか変なこと言った？」

　悪いことは言っていないはずだ。それなのにどうして彼はそんな顔をするのだろう。不安になって上目遣いで訊いたエルウィンに、はっと視線を逸らして首の後ろを掻きながら、ジェラルドが答える。

「……ああ、いや、名前を呼ばれるのが久しぶりだと思って。なんだかくすぐったいような気分になっただけだ」

「へ？　親とか友だちとかには呼ばれるだろ、普通。それとも旅をして結構経ってたりする？」

　その質問に、ジェラルドは首を横に振った。

「いや。一週間前に旅をはじめたばかりだ」

「だったら、どうして……」

　言いかけて、エルウィンはやめた。ジェラルドの不器用さを思い出したのだ。それに、自分がどんな境遇なのかも、思い出した。

多分、ジェラルドもエルウィンと同じだ。

「両親はもうこの世にいない」

――ああ、やはり。

エルウィンはぎゅっと眉を寄せ、自分の軽率さを呪《のろ》った。

「友人と呼べる者もいないな。言っただろう、俺は人間とドワーフのハーフだと。それで、幼い頃から除《の》け者だったんだ。だから、名前を呼び合うほど親しい者もいなかったし、呼んでくれる両親もいなくなった」

「そうだったんだ……」

予想以上に、ジェラルドは過酷な環境で育ってきたのだろう。

エルウィンが育った森は、エルフしか住んでいなかったが、人間やその他の種族と恋に落ちたエルフがいなかったわけではない。彼らはそのパートナーとともに森を出て、祝福されながらいろいろな場所に旅立っていったとシルフィも言っていた。

だからてっきり、この世界では種族を超えての結婚は普通のことだと思っていた。ケイロン支部の長であるガレットもハーフエルフだ。ケイロンの街にも様々な種族がいて、お互いに忌み嫌っているようには見えなかった。違う種族でも連れ添う者もいた。

だが、ジェラルドは故郷で除け者にされていたという。前世の日本でもあったように、田舎の小さな集団ほど、異物を嫌うというアレかもしれない、とエルウィンは想像してみた。

両親以外味方はいなくて、その親さえも村の人々に虐げられていたとしたら。ジェラルドから表情が消えるのも、無理はないのかもしれなかった。想像だけで、涙ぐみそうになる。鼻をすってそれを誤魔化し、エルウィンはどうにかジェラルドを励まそうとバシバシと彼の背中を叩いた。

「オレも、両親は小さい頃に亡くなってるんだけど、名前を呼んでくれるじいちゃんは健在だし、友だちもそこそこいるから、ジェラルドの気持ちはあんまりよくわかんないかもしれない」

エルウィンの両親は、まだエルウィンが自分の前世を思い出す前に亡くなってしまった。一歳にも満たない頃のことだ。当然記憶は曖昧で、物心ついたときに前世を思い出し、こちらの世界にもエルフの両親がいたことを知った。

しかし、正直に言って寂しさや哀れみはなかった。薄情だと思われるかもしれない。が、エルウィンにとっての両親の記憶は前世の大和の両親で、彼らにはそこそこ愛情を注いで育てられていたのだ。

もっとエルウィンの両親と一緒にいる時間があれば、同じように愛着も愛情も湧いたかもしれない。だがそれも今となっては叶わぬことだ。

そのことにもの寂しさを感じながら、エルウィンは続けた。

「まあ、これからはオレが呼んであげるからさ。ジェラルドもオレのこと、気軽にエルウィンって呼んでいいからね。君って言うのも言われるのも、なんかざわざわして気持ち悪かったんだよね」

ジェラルドの真顔が崩れ、ふっと微笑みが返ってきた。

「それはちょっとわかる」

「だろ？　さ、早く帰ろう」

もう一度背中を叩いて、地面に置きっぱなしになっていた籠を拾う。

そして歩きだしたそのとき、背後から声がかかった。

「エルウィン」

「……っ」

思わず、立ち止まって振り返る。

ジェラルドがおかしな反応をしてしまった理由がやっとわかった。

「どうした？」

何かまずかっただろうかと、ジェラルドが先ほどのエルウィンと同じ反応をしている。

それがおかしくて、エルウィンは破顔すると、跳ねるように走りだした。

「なんでもない。それより早く！　お腹すいた」

「さっきまでグミキノコ盗み食いしてたじゃないか」

呆れたようにジェラルドが言い、エルウィンの顔が真っ赤に染まった。


日が暮れる前にケイロンに辿り着き、ギルドに報告してから隣にある査定所で採ってきた植物とバイウルフの査定をお願いして、待つこと二十分。

ようやく査定が完了し、呼び出されてジェラルドが報酬を取りにいってくれているあいだ、エルウィンは待合所から窓の外をぼうっと眺めていた。

ギルド前の広場には酒場のテーブルや屋台が並びはじめ、昼間とはまた違った賑わいが出てくる。特に今日は休日前なので、人出が多いようだった。ぐう、とお腹が鳴る。朝食べてからまともな食事をしていない。グミキノコをつまみ食いしたが、足りなかったようだ。

エルウィンはエルフにしては大食いで、肉が大好物だ。ほかのエルフは肉を食べない者もいて、そういうヤツは躊躇《ちゅうちょ》なく動物を狩って食べるエルウィンに引いていた。

「森の鹿肉は美味《うま》かったなあ……」

シルフィが獲《と》ってきた新鮮な肉を生で食べるのが、エルウィンは好きだった。森の生き物はマナを豊富に含んでいて、食べるとその分魔力の回復も早くなるのだ。だから、肉はエルウィンにとってことさら必要な栄養だった。前世ならジビエを生食で食べるなどとんでもない危険行為だ。だが、この世界には魔法がある。エルウィンの魔法なら、仮に食中毒を起こしても、簡単に治せるのだ。

肉の味を思い出してニヤニヤしているエルウィンの横顔を、近くにいた人たちは恍惚とした表情で眺めている。

「ああ、女神様だ……」

「微笑んでいる姿も美しい」

「男って聞いたけど、もう男でもなんでもいいよなあ……」

不審な言葉まで聞こえてくるが、彼らはまさかエルウィンのその表情が肉のことを考えているときのものだなどとは思ってもいないだろう。

そこへ、ジェラルドが金の入った麻袋を持って戻ってきた。チャリンチャリンと景気のいい音がしている。ジェラルドの表情も心なしか明るいので、きっといい儲《もう》けになったのだろう。

「バイウルフも五匹追加で、六万カロンになった」

ほら、と広げて見せられた袋の中を覗いてみると、確かにぎっしりと貨幣が詰まっていた。だが、エルウィンにはそれがどのくらいの価値になるのかわからなかった。

「そうなの？　これでどのくらい生活できるの？」

「一食百カロンが相場だとして、六万カロンだから、半年分の食事代といったところだな。贅沢すれば一日で使い切れる額だが」

　ざっくり言うと、素材収集が一万、バイウルフが一匹一万という配分らしい。

「ふぅん、円の十倍くらいの相場だな」

　一食千円と考えるなら、そのくらいだろう。しかし、六十万円だと前世の給料の二ヶ月分ほどになる。冒険者という商いの報酬の高さに、エルウィンは思わずニヤニヤと下品な笑みを浮かべそうになった。

「エン？」

　だがその前にジェラルドが訊いた。

（……しまった。また馴染《なじ》みのない言葉を使っちゃった）

　慌てて口元をぎゅっと引き締め、エルウィンは答える。

「うちの森の単価。もう使われてないけどね。っていうか、あれだけ時間かけて素材集めるより、バイウルフ狩ったほうが時間的にコスパいいじゃんね」

「コスパ……？」

　前世の言葉を使わないようにと思ったそばから口に出し、エルウィンはあわあわと焦ってぎこちなく手を振った。

「コストパフォーマンス――って言ってもわかんないか。時間に対しての対価の大きさだよ。森でよく使うんだ。バイウルフを倒すのなんてわけないんだからさ、ちまちま素材集めなくても儲かったなって話」

エルウィンのその言葉を信じたのか、ジェラルドは納得したように小刻みに頷いた。

「ああ、確かにそうかもしれない。だが、今回はレアケースだぞ。バイウルフは滅多に道沿いまでは出てこない。それに、俺たちが採ってきた素材のおかげで助かる人もいるわけだからな。コスパとやらばかりを気にしてはいられないだろう」

顎に手を当てながら、彼は真面目な顔でエルウィンを見つめた。

焦ったのが馬鹿らしいほど、ジェラルドが実直な男だというのを、改めて思い知らされた。

こういう男だからこそ、エルウィンはプライドを投げ捨てて、パーティーを組んだのだった。

「ジェラルドがお人好しだったの忘れてた」

「エルウィンはそう思わないのか？」

残念そうに、ジェラルドが訊く。それに肩をすくめ、エルウィンは答える。

「いい考え方だね。悪くないと思う。オレたちが有名になって、たくさん稼げるようになっても、困ってる人がいたらコスパなんて気にしないようにしなきゃって心に刻んでおくよ」

　ほかの人間ならば嫌味にとられかねないエルウィンの言動だったが、ジェラルドは言葉どおりに受け取って、満足げに頷いた。

「配分はどうしようか。半々でいいか？」

「今回はほとんどジェラルドが倒したんだし、オレは少なくていいよ」

「そういうわけにはいかない。エルウィンの魔法があってこそ倒せたんだ。むしろ俺はアックスを振り回しただけだったしな」

「いやいや。見事な斧捌《おのさば》きだったよ。オレじゃバイウルフの毛皮も魔石も木っ端みじんになってたし……」

「いやいや、俺だって」

　そこまで言って、ふたり同時にはっとした。ふたりとも、遠慮しすぎてコントみたいになっている。これではいつまで経っても落としどころは見つからない。

　そして、エルウィンがふっと笑いだしたのをきっかけに、ジェラルドも肩を揺らして笑いだす。今まで微笑むことはあったが、ジェラルドがここまで笑うのは初めてだ。それを見て、エルウィンは喉《のど》の奥がぎゅっとなる感覚に陥った。

　嬉しい。けれど、切なくもある。

　彼の境遇を知ってしまった同情心か、それとも懐かなかった猫が懐いたような達成感か、あるいはそのどちらもか、またはどちらでもないか。複雑な感情が綯い交ぜになって、戸惑う。

（多分、ジェラルドがイケメンってのが悪いんだよな。イケメンが笑ったら誰でも圧倒されるってのー）

ぐちゃぐちゃな感情を無理やりまとめて結論づけたエルウィンだったが、これが一番正解に近かったのだと理解するのは、もっと後のことだった。

無愛想で怖そうという先入観から、ジェラルドの整った顔に気づく人は少ない。エルウィンはいち早くその事実に気づいていたが、整った顔は自分や森のエルフたちで見慣れているから、騒ぐほどのことではない。そう思っていた。

だが、ジェラルドの顔は、自分とも森のエルフたちとも系統が違う。つまり、〝見慣れていないタイプのイケメン〟なのだ。

「エルウィン？」

突然表情を固めたエルウィンを不審に思って、ジェラルドが顔の前で手を振った。

「あっ、ううん。なんでもない。じゃあ、報酬は半分ずつにしよう。明らかに大きく貢献した場合のみ、また話し合って配分を決めるってことで」

「ああ。そうしよう」

麻袋の中身を半分に分け終わり、これで今日の仕事は完結だ。

もう解散していいのだが、なんとなく帰りがたい気がして、エルウィンは訊く。

「ジェラルドはどこの宿屋なの？」

「ここからもう少し北にある地区の宿屋だ。治安はよくないがギルドの近くよりは安い。エルウィンは？」

「オレはここから五分もしないところ。一泊二食付きで千二百カロン」

先ほどジェラルドに聞いた相場からすると、日本円で約一万二千円。

旅行用のホテルとしてはまあ普通か安いくらいの値段だが、ビジネス用だと考えると少し割高な気もする。

「治安はいいが高いな。俺のところは一泊食事なしで三百カロンだ」

案の定、ジェラルドが首を横に振った。

「やっす。オレもそっちにしようかな」

シルフィに持たされた金は一万カロンだ。決して多くはないため、節約するに越したことはない。今回のように簡単に依頼以上の収穫があるとも限らない。

「あー、だが、エルウィンの場合、治安のいい場所のほうがいいかもしれないな」

歯切れ悪く、ジェラルドが言った。

「え？　なんで？　オレ強いし、大丈夫だよ」

今朝《けさ》の一件で、その辺のゴロツキなら余裕で倒せる自信がついた。自信満々にエルウィンが答えると、ジェラルドはなおも渋い顔をして付け加える。

「それはそうかもしれないが……。強盗目的じゃなくて、君の場合はその見た目だから、女性と間違われてナンパされることがあるんじゃないかと」

「あぁー……」

ジェラルドの懸念がようやくエルウィンに伝わった。

確かに、冒険者にはあらかたエルウィンが男だと伝わると思うが、一般人に冒険者の情報は伝わりにくい。知らずに声をかけてくる者もいるだろう。

現に、ギルドへ来るまでに何人にも秋波を送られたし、声もかけられた。悉《ことごと》く突っぱねても危ない目には遭わなかったが（タトゥーの男を除く）、治安の悪い地域なら断った時点で逆切れされそうではある。それが毎回と想像するだけで気が滅入る。

「面倒だなあ……。でも安いところのほうが……」

ぐぐぐ、と歯を食いしばって悩んでいると、ジェラルドも腕を組んで考えはじめた。何かいいアイデアを出してくれるのかと期待して、エルウィンはじっとジェラルドを眺めた。

伏せられていたジェラルドの視線が、ちらっとエルウィンを見つめ返す。そして、少しの躊躇《ためら》いが見られたあと、彼は言った。

「常に一緒に行動して、部屋も同室にするというのはどうだ？　そのほうが安くつくし、安全だと思う」

その提案に、エルウィンは「それだ！」と指を鳴らした。

「いいじゃん！　ジェラルドがいればナンパ目的で声をかけてくるヤツもいなくなるだろうし、見た目がいかついから強盗も寄ってこない！」

どうせパーティーを組んだ仲間なのだ。常に一緒というのが理にかなっているし、そっちのほうが連帯感があっていい。

（ＲＰＧとかも仲間と一緒が基本だしな！）

仲間、という言葉に、エルウィンの胸は熱くなった。

それこそが、転生してからずっと憧《あこが》れていたものだった。冒険者の話を聞いてから、憧れはますます強くなった。いつの間にかシルフィの束縛のせいで諦めかけていたけれど、冒険者になった今、エルウィンは自由に仲間をつくって旅ができる。

双方のメリットを考えてパーティーを組んだ仲だが、それでもエルウィンはもうジェラルドを全面的に信用しはじめていたし、ジェラルドもきっとそうなのだろう。

「ツインの部屋空いてるかな」

ワクワクする気持ちを抑えきれず、小刻みに揺れながら、エルウィンは訊く。

「ツインってなんだ？」

ああ、またやってしまったと思いながらも、きっとジェラルドは森の方言みたいなものだと受け止めてくれるとも思って、エルウィンは今度は焦ることなく説明する。

「ベッドがふたつって意味」

「ああ。それなら、ベッドを運び込んで使えばいい」

「なるほど」

ギルド支部のエントランスを出ると、もう日が暮れそうで、遠くの空はオレンジと紫の綺麗なグラデーションがかっていた。

街にはぽつぽつと魔石の灯《あか》りが点《つ》きはじめている。屋台からは肉の焼けるいい匂いがしてきて、エルウィンの腹の虫が大きく鳴った。

「せっかくだし、飲みにいく？　結成初日なんだからさ、お祝いしたいじゃん」

「それもいいな」

「じゃあ決まり！」

宿屋に連泊のキャンセルを入れてから、ジェラルドとともに通りに出ている飲み屋のテーブルを陣取り、景気よく酒を頼むことにする。

初日は宿屋の定番メニューらしきパンとスープとサラダという当たり障りのない食事しかしていなかったが、動いたあとはがっつり肉が食べたくなる。ケイロンには一体どんな料理があるのかと思うと楽しみだ。

「人気の料理を大盛りで！　肉がメインだと嬉しいな。それと、お酒も」

「俺も同じのを頼む」

ふたりが言うと、横髭のある恰幅《かっぷく》のいい店の主人は笑顔を浮かべて腹を打った。じっと見ると、頭の上に先が丸い耳が生えている。獣人らしい。

「あいよ！　そっちのエルフの嬢ちゃん——いや、坊ちゃんか。今朝の騒ぎ、見てたぜ！　あんた強いんだな！　酒は一杯サービスしてやるよ」

「いいの!?　ありがとー！」

店の主人はティモスと名乗った。くるりと振り返った彼の尻にはアライグマのようなふさふさで縞《しま》模様の尻尾がついていた。

「本当に人たらしだな、エルウィンは」

ジェラルドが驚いたように言った。

「そう？　まあ、オレが上目遣いでお願いすれば、大抵の男は言うこと聞いてくれる自信があるけど……。今回のは人たらしっていうより、オレの実力を目の当たりにして感服したって感じだろ？」

エルウィンはふふんっと胸を張って答える。顔を褒められるより、ティモスのように腕を褒めてくれるほうが何百倍も嬉しい。

「確かにな」

「まあ、ジェラルドは腕を褒められるよりまずオレの愛嬌を見習わないといけないんだから、がんばって笑顔の練習しなよ。はい、笑って！」

催促するように、エルウィンは手を叩いた。それに合わせて、ジェラルドがにっと口角を上げる。が、引き攣った笑顔はどうにも不自然で、友好的というよりも悪人が悪巧みしていそうなそれに近い。

「ビ、ビミョー……」

顔をしわくちゃにして残念さを表現したエルウィンに、ジェラルドが今度こそ自然な笑顔を見せた。

「ふ、なんて顔してるんだ」

「あー！　そうそう、そんな感じ！　そうやって今日みたいにいつも笑ってればいいんだよ」

「こんな感じか。そういえば、今日は久しぶりに笑ったからか、ここが痛いな」

顔に手を当て、ジェラルドがむにむにと頬を揉《も》む。滅多に笑わないせいで、筋肉痛になったようだ。

「そうそう。これからはオレが毎日笑わせてあげる！」

そう言ったエルウィンに、珍しくジェラルドは視線を泳がせた。それで気づく。今の言葉は、まるでプロポーズみたいではないか、と。

「あっ、違うよ⁉　いや、違くないけど、変な意味はないっていうか……」

「あ、ああ。わかってる」

微妙な雰囲気になったタイミングで、ティモスがちょうど酒と料理を持ってやって来た。

「お待ちどおさま！　エールとブルストの盛り合わせだ。さあさ！　ふたりともたんと食べて飲んで、明日からもがんばってくれ！」

「あ、ありがとう」

助かった、と胸を撫でおろし、ジョッキに顔を近づけた。匂いを嗅ぐと、懐かしい前世のビールの香りがした。

「うわっ、なっつかしい」

思わず声を上げてしまった。二十六年ぶりに嗅いだ香りだったのだ。

実は、マグナスの森には酒がない。たまに商人が売りに来ることはあったが、瓶詰めされた赤ワインがほとんどだった。エールは保存が難しいようで、都市から離れた森までは届かなかった。

「飲んだことがあるのか？」

ジェラルドも話題が変わったことにほっとした様子で訊いた。

「うん。昔ね。ジェラルドは？」

訊き返すと、わずかにジェラルドが胸を張った。

「ドワーフの村で育ったんだ。もちろん飲んだことがある」

「そっか。ドワーフってお酒に強い種族だったっけ。ジェラルドもドワーフの血が入ってるから、ザルってことね」

「ザル？」

「いくら飲んでも酔わずにザルみたいに上から下に通しちゃうだろ。酒豪のことをそう言うんだよ」

身振り手振りをつけながら解説する。この世界にもザルはあるので、ジェラルドは納得に手を打った。

「エルフの使う表現は面白いな」

感心しながら、ジョッキを高く掲げる。エルウィンも同じようにジョッキを掲げて、コホン、と咳払いをした。

「では、ウィンディ・アックスの結成を祝して」

「乾杯」

合図とともに、カンッとジョッキをぶつけ合う。

エールをぐいっと口に含めば、爽《さわ》やかなオレンジの香りとともにしゅわしゅわの炭酸ガスが喉を滑り落ちていく。ふわりと苦みも広がって、鼻の奥が心地いい。

「ぷっはぁ！」

一気に半分を流し込み、ドンッと豪快にジョッキをテーブルに置いたエルウィンを、ジェラルドが驚いた顔で見つめた。

「いい飲みっぷりだな」

そういうジェラルドのエールもかなり減っていた。一気飲みした様子もなさそうだったが、身体が大きい分、一口も大きいのだろう。

次はブルストをいただくことにする。エルウィンはフォークでそれを突き刺すと、直径五センチはありそうな太くて長い肉塊をぱくりと頬張った。

その瞬間、周りのテーブルで呑んでいたほかの連中が食い入るようにエルウィンを見つめてきた。

（なんだ……？）

周囲に視線を走らせながらも、エルウィンはブルストを噛みちぎり、もぐもぐと咀嚼《そしゃく》する。美味《おい》しい、とブルストの味に感動したものの、エルウィンの耳が「いてぇいてぇ」というほかの客の声を拾ってしまい、げんなりする。

（こっちを食い入るように見てたのは、そういうことね……）

下品なヤツらだ、とひと睨みし、ジェラルドに視線を戻す。彼も先ほどの客の言葉を聞いてしまったらしく、不快そうにしていた。

しかし、堅物そうに見えて意外とそういう知識は持っているのだな、とエルウィンはジェラルドに対する認識を改めた。下ネタの好き嫌い以前に、通じないと思っていたのだ。

エールを呷《あお》り、ブルストを齧《かじ》る。ブルストはややパリッと感は物足りないものの、しっかりと肉の旨味《うまみ》と肉汁が詰まっていて、エールともよく合う。白飯が食べたいな、と前世に思いを馳《は》せつつ、堪能《たんのう》する。

米はこの世界ではまだお目にかかったことのない食材だ。だが、麦はあるのだからとエルウィンは希望を捨ててはいなかった。旅をしているうちにきっとどこかで出会えるだろう、と。

「そういえば、エルウィンはどうして冒険者になったんだ？　何か成し遂げたいことでもあるのか？」

今日の依頼についての感想を言い合い、酒も進んだ頃、ジェラルドが思い出したように訊いた。ふたりとも、仲間になったというのに互いの身の上話をまだしていなかったことに気づく。知っているのは、冒険者としてギルドカードに書かれた情報と、両親がいないことだけだ。

「うーん、改めて訊かれると、特に理由はないかも。小さい頃は冒険者になりたいって夢見てたはずなんだけど、実際冒険者になって特にやりたいこともないんだよなぁ」

難しい質問だ、とエルウィンは首をひねった。

そして、身の上話をつらつらと語りはじめる。もちろん、異世界から転生してきたことは除いてだ。どうしてこの歳《とし》になるまでマグナスの森から出られなかったのかとか、両親の悲惨な死とか、魔法の修得方法とか。話すことはいっぱいあった。

それらをまとめて、ジェラルドの質問の答えを導きだそうとするが、やはりエルウィンの首はひねられたままだった。

――つまり、明確な目的がなかったのだ。

「あえて理由を挙げるとすれば、世界を見たいから、かな……。いや、じいちゃんに世界を見てこいって言われたからか。オレより強いヤツなんていっぱいいるんだって。そうなると自分の魔法がどれくらい通じるか試してみたいだけのような気もするし……」

これ以上考えたところで、答えは見つかりそうもなかった。

諦めて、「ジェラルドは？」と訊くと、彼も少し悩んだ素振りのあと、言った。

「俺も特にないな」

ドワーフの村でドワーフの父と人間の母のあいだに生まれたジェラルドは、小さな頃から周りと違うことを理由に母とともに除け者にされていたという。

父親が死んでからは、さらにそれがひどくなり、毎日を生きるのにただただ必死だった。自給自足の生活に、偏見に満ちた周りの目。母と村を出たいと何度思ったことだろう。

しかし、母は頑なに父の墓があるというそれだけの理由で村を出ようとはしなかった。墓守は家族がするものだからと。そんな環境で、だからジェラルドは夢など見ている暇はなかったのだ。

だが、ジェラルド自身はそれほど不幸ではなかったと言う。

「母は父のことを心から愛していたんだ。それは責められるものではない」

「……そっかなー」

自分なら、とエルウィンはつい口に出しそうになったが、やめた。さすがに前世含めて五十年以上生きてきた身だ。老成はしていないが、分別くらいはつく。

もし自分がジェラルドの母なら、きっと死んだ夫よりも子どもを優先する。ドワーフの村が居づらいのなら、身ひとつでも出ていって、子どものための居場所を探す。それに、ケイロンを見ればわかるように、たとえ違う種族が混じっていても受け入れられる都市はあるのだ。

それをせず、ジェラルドから笑顔を奪った彼の母親のことを、少しだけ責めたくなった。

しかし、口に出していいことではないとも、エルウィンはわかっている。ジェラルドからは母親を恨む気配は感じられない。本人が納得しているのなら、他人がとやかく言うことではない。

それに、ジェラルドの笑顔は、これからエルウィンが一緒にいて取り戻していけばいいことだ。

「母親も死んで、これからどうやって生きようか悩んで、結局は村を出ることにした。両親の墓は管理しておいてやると村長に言われたからな。そのくらいで俺が村を出ていってくれるなら、村長にとっては安いものだったんだろう」

引き攣れたように、ジェラルドの口の端が上がった。エルウィンは無言で話の続きを促す。

「村を出ていろいろ試してみたが、学もないし不器用だったから……、いや、無愛想だったからかもしれないな。どこもすぐクビになって、行き着いたのが冒険者だった。幸い魔法が使えて、それなりに鍛えていたから、身体も頑丈だしな」

そう言って、ジェラルドはエールを飲み干した。どうやらこれでジェラルドの話は終わりらしい。

「あー……、わかる」

エルウィンも残っていたエールを飲み干し、前世のことを思い出した。

「ほんと、わかるよ。仕方なく好きでもない職に就かなきゃいけない感覚……」

大和だった頃、特に夢もなく、両親に言われるがまま大学に入り、無難な経済学を修めたあと、大きくも小さくもない会社に就職して、本当は事務職がよかったのにやりたくもない営業をやらされた。

大和はジェラルドのように無愛想だったから、この世界ならとっくにクビになっていただろう。先輩のアドバイスで多少マシになったといっても、いろいろな人間に気を遣ってペコペコと頭を下げる日々は、苦痛以外の何ものでもなかった。

「君もそういう経験があるのか？」

意外そうに目を瞬いて、ジェラルドが訊いた。

「あると言えばあるし、にゃいと言えばにゃい」

久しぶりのエールに、舌がもつれた。ふ、とジェラルドが笑って、ぽんっとエルウィンの頭に手を置いて、撫でる。

年上だぞ、という言葉は、ジェラルドの手のひらの温度に溶けた。

「今は？　楽しいか」

その質問に、エルウィンはニッと目を細めて答える。

「楽しいよ。この世界は。憧れてた魔法もあるし、オレはチーターみたいなものだから、超強いし」

「チーター？」

「ずるしてる人のこと。オレはずるいんだ。こういう世界を知ってるから」

ティモスにもう一杯エールを頼む。

アルコールが、ゆっくりと脳を侵していく。魔法を使えばすぐに酔いは醒《さ》めるが、せっかくのふわふわした感覚をもっと味わっていたかった。

「魔法ができるのがずるなのか？」

ジェラルドが訊いた。

「そうだよ。……いや、元々魔法はそんなに使えなかったかも。でも、オレ、オタクだからさぁ。楽しいんだよね、あれこれ試して新しい魔法を覚えるの。だから時間を忘れてずーっと魔法の研究をしてたんだ。みんなおかしいって言うけど、ゲームならとことんやり込み要素をやるのが真のオタクってもんなのに……」

つらつらと、ジェラルドにわからないことを話していく。

ジェラルドは不思議そうにしながらも、相槌《あいづち》を打ち、聞き役に徹してくれた。そして切りのいいところまで聞くと、「結局は」と新しいエールに口をつけて言う。

「エルウィンがいろんな魔法を使えるのは、幼い頃からの努力の賜物だし、ずるではないということだな」

「え？」

「だってそうだろう。他人がやっていないことをやって魔法が使えているんだから。違うのか？」

「そうなのかな？」

自分が四大元素魔法すべてを使えるようになったのは、異世界から転生した特別な存在だからだと思っていた。

努力をすれば誰にでもできるようになると突き止めてからも、「自分が転生者だから」という気持ちがどこかにあった。

転生者だから、できて当然。

転生者だから、強くて当たり前。

森の賢者と呼ばれた祖父を超えたときだって、誇らしい気持ちはなかった。

皆より魔法が使えるからと、自慢したり調子に乗ったりしていたものの、心の奥には後ろ暗さがあった。

だってそれは、当然のことだから。

前世のゲームで遊んだ世界に近い、ファンタジーワールド。

二十六年もここで生きてきたのに、未だエルウィンにとっては、ここは現実味のない世界だった。

――けれど。

「研究をしていなくても、魔法は使えていたのか？」

ジェラルドの声が、酔っているはずの脳にスッと入っていく。

「それはないね」

エルウィンは思い返して、首を横に振った。

魔法を研究していなかったら、使おうとしていなかったら、今のエルウィンは存在していなかっただろう。そして今でもきっと、森の中でシルフィに守られて、怠惰な時を過ごしていたに違いなかった。

「じゃあ、そういうことだ」

表情を和らげて、ジェラルドが頷いた。もう一度、温かな手がエルウィンの頭を掻きまわす。

そういうことなのかもしれない。

転生者だと気づいたときに、自分には選択肢があった。魔法をとことん突き詰めるか、そうしないか。

そしてエルウィンは突き詰めることを選んだ。選んで、努力した。本人はゲームの感覚だったのだろうが、周りから見ればそれは立派な努力だった。

転生者だから、ではなかったのだ。

自分が強いのは、転生者でも努力したからだ。

そのことに、二十六年生きてきて今さら気づく。

「……すごいね、ジェラルド」

すとんと胸に落ちた言葉に、エルウィンはぐっとこぶしを握った。

「なんでこんな簡単なことに気づかなかったんだろう」

「そんなに変なことを言ったか？」

神妙なエルウィンの表情に不安になって、ジェラルドが訊いた。それに、エルウィンは肩の力を抜いて笑った。

「いいや。でも、オレには天啓だったよ」

心の奥の後ろ暗さが、ほんの少し軽くなった気がする。

「よくわからないが、それならよかった」

肩をすくめ、ジェラルドが最後のブルストにフォークを刺した。

「あー！　オレが食べようと思ってたのに！」

「また頼めばいいだろう。せっかくだからほかの料理でも」

「それもそっか」

見越したティモスが用聞きにやって来た。今度はエスエラ茸《だけ》の肉詰めとマジックポテトフライという料理を勧められたので、ブルストと追加で頼むことにした。

茶色い料理ばかりがテーブルに並ぶ。エールも三杯目になった。

酒と天啓のおかげで、エルウィンの気分はかなり上々だ。

「まあ、ふたりとも目的もないんだし、ひとまずは大富豪を目指すってことで。ケイロンから始めて、いろんなところに行きたいな」

旅をしていれば、きっとシルフィが言うような強大な力を持った者にも会えるだろう。

「気ままに旅をするのも悪くない」

ジェラルドが頷き、ジョッキを掲げた。エルウィンも同じようにジョッキを持ち上げた。

「ふたりの旅の始まりを祝して！　もう一度、乾杯！」

「乾杯」

一度目より大きな音が、酒場に響いた。

これがウィンディ・アックスの結成の夜だった。

＊＊＊

エルウィン・マグナスを初めて見たとき、「そっくりだ」と目を瞠った。

名前を聞いて「ああ、やっぱり」とも思った。

彼の性別が男で、本当によかったと思う。

少なくともあの女のように、男を惑わせることがないからだ。

いや、男であっても、あの容姿ならば男さえも惑わせることがあるのかもしれない。女は逆に敬遠しそうだ。

どうしたものか、とため息をつく。

自分はエルウィン・マグナスに惑わされることは決してない。

だが、今後、彼によって人生を狂わされる者が出てくるかもしれない。

――そう、あのときの自分のように。

誰かに犠牲が出る前に。

あの女のように、彼が不幸をまき散らす前に。

そんなふうに思っていたところ、さっそくひとり犠牲者が出てしまった。

彼の場合、自業自得な感は否めないが、そもそもにエルウィン・マグナスがあの女に似ていなければ起きなかった事態だ。

言わば彼も犠牲者だった。

早く、なんとかしないといけない。

だが、直接手を出してしまえば、自分にまで害が及ぶ。

自分はもう、あの女に人生を狂わされたくはない。

どうしたものか。

ふたたびため息をついて、そっと暗闇《くらやみ》の中へと紛れる。

どうしたものか。

＊＊＊

ウィンディ・アックスの活動は、ジェラルドにとって殊の外楽しいものだった。

仕方なく危険が伴う冒険者という職に就いたというのに、エルウィンといると危険を感じるどころか、毎日が楽しい。

宿を同室にして出費を抑えつつ、まずはランクを上げるために依頼をどんどん受けることになった。

はじめはエルウィンの女性と見紛う姿に、一緒の部屋にいると妙な罪悪感と戸惑いを覚えていたが、本人が気にしていないことを気にするのも失礼だと、平静を保っているうちに、三日もすれば慣れてきた。

それに、いくらエルウィンが美しいからといって、変な気を起こせば、待っているのは地獄だろう。エルウィンはそれほどに、強い。容赦なしに敵をなぎ倒していく姿は、まるで軍神だ。男だとわかってからも、ギルド内ではエルウィンの人気は日に日に上がっていくばかりで、一部の冒険者たちには「姫」と呼ばれている。

女に間違われるのは嫌ではないのかと聞いたことがあったが、本人は自分の美しさを誇りに思っているそうで、嫌ではないらしい。どこまでもポジティブだ。

その流れで、自分にも彼のようなポジティブさの欠片《かけら》でもあればと思い、「君のようになりたい」と呟くと、エルウィンは口元を押さえ、同情の籠もった目でジェラルドを見つめた。

――余談はともかく。

依頼を順調にこなしていき、丁寧な採集と、襲ってきた魔物を狩って持ち帰ることで、加算ポイントがもらえたらしく、そんな生活がひと月も続けば、予定どおりランクも上がっていった。

ジェラルドのランクはEからCへ。エルウィンはDからBへ。普通なら一年はかかるというランクアップだが、エルウィンにしては遅すぎるくらいだとジェラルドは思っている。兎にも角にも、新人の躍進により、ケイロンではウィンディ・アックスを知らない者はいないほど有名パーティーになっていた。

金も見る見るうちに増えていく――はずだったのだが。ウィンディ・アックスの貯金は、一向に増えないままだった。問題は、ジェラルドだ。

「ちょっと！　また騙されたの⁉」

ジェラルドの財布の中身が空になっているのに気づいて、宿に帰ってきて早々、エルウィンがジェラルドの耳元で叫んだ。

「母親が病気で、薬を買うのに金がいると言っていたから……」

昼間、北側の路地裏を通っていたところ、栄養が足りてなさそうな、痩《や》せ細った十歳くらいの女の子が家の前に座り込んでいるのを見かけた。

思わず声をかけて話を聞くと、金がなくて困っていると言うものだから、当面の食費と母親の薬代として、財布にあった金を全部渡してやったのだ。ざっと二万カロンほどだっただろうか。

そう説明すると、エルウィンは盛大なため息をついてから、「そんなの嘘に決まってるじゃん」と呆れた目をジェラルドに向けた。

「もし本当だとしても、お金をあげるんじゃなくて食べ物とか薬とか現物を渡すべきだよ。お金だけ渡したってろくなことにならないんだから」

確かにな、とジェラルドは頷いた。本当に薬が必要なのかも確認しないままだったことに思い至ったのだ。

しかし、それでも後悔はない。

「そうかもしれないが、少なくともこれであの少女がしばらく飢えることはない」

金がないのは間違いない。でなければあんなにげっそりとはしていなかっただろう。一時しのぎだとしても、少女が食事をとることができたのなら、僥倖《ぎょうこう》だ。

だが、エルウィンは厳しい顔のまま、言った。

「これで味を占めたら、その子、まともに働かなくなるよ」

「あ……」

そこまで言われてようやく、エルウィンの懸念に気づく。

「そこまで考えが至らなかった。すまない」

施してばかりいて、少女のその後のことまで考えていなかった。ジェラルドが善意でやったことでも、本当にあの子のためになったのかと訊かれたら、途端に自信がなくなってきた。

ふう、とエルウィンがもう一度ため息をついた。

「……次からは現物支給ね」

その言葉に、いつの間にか視線を床に転がしていたジェラルドは顔を上げた。

「もうやるなと言わないのか？」

実は、ジェラルドがこんなふうに他人に施しを与えてやったのは初めてではない。

あるときは、酒場でたまたま隣の席になった男が「財布をすられた」と言いだして、金が払えずに困っているのを立て替えてやった。またあるときは、孤児院を建てるために募金活動をしているという修道女と思《おぼ》しき狐《きつね》獣人に一万カロンを渡してやった。またまたあるときは、物乞《ものご》いの老人が咳《せ》きこんでいるのを見かねてかかりつけだという病院へと連れていき、医者に「払ってくれなきゃ治療はできない」と言われたので治療費と入院費（これも一万カロンだ）を払ってやった。

そのたびにエルウィンは怒って、「騙されてるよ！　もう二度と引っかからないで！」とジェラルドを窘めた。

だからてっきり、今回も、もうやるなと叱《しか》られるかと思っていた。不思議に思って首を傾けたジェラルドに、また深いため息をついて、エルウィンは美しい長い髪の毛を掻きあげて、言った。

「説教したところで無駄なんだって気づいたからね。っていうか、ジェラルドは騙されてもいいって思ってるからそういうことするんだってようやく理解した。どうしようもなく心根がやさしくて、いい人で、ほんと、どうしようもない馬鹿だよ」

「それは、褒めてるのか……？」

ジェラルドが訊くと、エルウィンのムッとした顔が少しだけ和らいだ。

「褒めてないよ。褒めてないけど……」

歯切れ悪く、エルウィンが両腕を組んで言う。

「困ってる人がいたら助けたいのはオレも同じだし……。それに、ジェラルドも苦労してきたんだろ？　そういう人を助けたくなるのは当たり前のことだと思うよ。だからオレは止めない。でもやり方は考えてって話」

それを聞いて、はっとした。自分が他人に施しを与えてしまうのは、エルウィンが言ったとおり、彼らを通して自分を見ているからだ。

「そうか、そうだったのか」

自分でもわからなかった行動原理を当てられて、妙に脳がクリアになっていく。

ジェラルドは、救いたかったのだ。誰にも手を差しのべられなかった、過去の自分を。

「エルウィン」

思わず、名前を呼んでエルウィンの両肩を摑んだ。

「な、何?」

急に近づいたジェラルドに驚いたのか、エルウィンはエメラルドの目を瞬かせ、警戒する。

「ありがとう。今度から気をつける」

「気をつけるって、毎回聞いてるんだけど……」

「より一層気をつける」

「それならいいよ」

苦笑して、エルウィンの身体から力が抜けた。ジェラルドも、摑んでいた彼の肩から手を離す。

しかし、エルウィンは細い。ジェラルドと違って武器を振り回したりしないから当然かもしれないが、食事の量はエルウィンのほうが少し少ないくらいで、一体どこでエネルギーを消費しているのか甚《はなは》だ疑問だ。普通ならばぶくぶくと太っていきそうなものなのに。

寝間着を持って風呂《ふろ》に行こうとしていたエルウィンを引き留めて、ジェラルドは訊く。

「君、ちょっと細すぎないか？　あれだけ食べているのに……」

言いながら、はっとする。まさか、何かの病気ではなかろうか。食べても食べても太れずに、痩せて死んでいくという病を聞いたことがあるようなないような……。

青褪《あおざ》めていくジェラルドの顔面に気づき、エルウィンは「あー」と何かを思い出すように視線を天井に向けた。

「ランク上げることばっかりですっかり忘れてたけど、そろそろジェラルドの魔法を強化していこうか。そうすればきっと理由がわかるよ」

「魔法を強化……？　そういえば、俺にもほかの属性の魔法が使えるようになると言っていたな」

「マナコアがある人はみんなどの魔法だって使えるよ。使えないと思って練習してないだけ。現にオレはエルフなのに全部できるだろ？」

「あ、ああ」

にわかには信じられなかったが、この様子だと、本当に使えるようになるまで指導してくれるようだ。

「じゃあ、明日から依頼の合間にやっていこうか」

「ああ、よろしく頼む」

風呂場へ行くエルウィンを見送って、ジェラルドはベッドにどさりと腰かけた。

本当に自分にも他元素魔法が使えるようになるのだろうか。ドワーフは、炎魔法を操る種族だ。そのため鍛冶仕事が得意な者が多く、世界中にいる名高い武器職人はほとんどがドワーフらしい。半分ドワーフの血が入っている自分は、だから炎魔法が使えるのだと思っていた。いや、だから、炎魔法だけしか使えないと思っていた。

「俺も、エルウィンのように自由に飛んだりできるのか」

試験場で初めてふわりと浮かんだエルウィンを見て、ジェラルドは「天使がいる」と半ば真剣に思ったほどだった。

あんなふうに自分も一緒に飛べたなら――……。

「……まずは風魔法を覚えよう」

ぐっとこぶしを握り、ジェラルドは決意した。


それからは、依頼をこなしつつエルウィンに魔法を習う日々が続いた。

まずはマナコアの強化というとんでもない方法を教えてもらい、ジェラルドはいかに自分が狭窄《きょうさく》に陥っていたかを知らされることとなった。

「マナコアは生まれ持った大きさで、生涯変わらないと思っていたが、ちゃんとした方法さえ覚えれば鍛えられるんだな」

「うん。自分の限界ギリギリまで魔力を放出させて、マナコアをへとへとにさせるんだ。仕組みは筋肉と同じだよ。筋トレとかでわざと負荷をかけて筋肉を傷つける。それを修復するときに筋肉が強化される——みたいな。もちろん、体力も使うから身体への負担もあるし、結構しんどい。しかもそれをずーっと毎日継続させなきゃいけない。筋肉と違って、一晩寝たら魔力はだいたい回復してるからね」

そこまで聞いて、ジェラルドはエルウィンの食事量の多さに合点がいった。

「だから君はいつもあんな量の食事をとっていたのか」

「そうそう。結構カロリー消費が激しいんだよね。食べなきゃやってらんないの」

「今でも毎日やってるのか？」

「うん。基本はね。何があるかわからないから、依頼が終わって街に帰ってきてからだけど」

「魔法を使っているようには見えなかったが」

依頼が終わってケイロンに帰ってから、エルウィンが何かやっているのを見たことがない。ギルドに立ち寄って、そのあとは酒場に直行だ。

「目に見える魔法を使うだけが魔力の消費じゃないよ。ケイロンでは好き勝手どかんどかん魔法が打てるわけじゃないから、オレは常に風魔法で周囲を警戒したり、浮かんだり、それでも全然足りないから、わざと魔力を放出させてる」

「なるほど……」

　たまにエルウィンからぞわぞわとした何かが流れてきているのを感じていたのは、それだったのか。

「まあ、ジェラルドの場合、魔法の練習だけで空になるだろうから、まだ放出は考えなくていいよ」

　エルウィンはにこっと笑って、不穏なことを言う。笑顔というのが、逆に怖い。ひくりとジェラルドの頬が引き攣れた。

「お手柔らかに頼む」


　スパルタな指導は案外ジェラルドに合っていたようで、文句を言わずに黙々とこなす彼に気をよくしたエルウィンは、どんどん厳しい要求を突きつけてくるようになった。おかげでマナコアの成長は目覚ましく、初級の風魔法をなんとか使えるようになったのは、訓練開始から一ヶ月後のことだった。

「……‼　エルウィン、できたぞ！」

　自らの身体に風を纏わせ、ふわりと地面から浮いたジェラルドは、嬉しさのあまり子どものようにはしゃいでエルウィンを見た。

「すごいじゃん！」

だが、喜びすぎたのか、コントロールを失って、ジェラルドの身体は地面へと真っ逆さまに落ちていった。すんでのところで、エルウィンが浮かせて墜落を止めた。そのあと、ゆっくりと地面に降ろされる。

「油断しちゃダメだろ」

這《は》いつくばるジェラルドの傍《そば》に、エルウィンがしゃがみ込んで言った。

「すまない」

みっともないところを見せてしまった。これではエルウィンも呆れたに違いない。そう思ってジェラルドがそろりと顔を上げると、しかし彼はやさしい顔で笑っていた。

「オレの弟子の中で、ジェラルドが一番成長が早いし、ここまで弱音を吐かなかった人も初めてだ。がんばったね、ジェラルド」

「……」

思わず、見惚れる。エルウィンはよく笑う。けれど、今のような笑顔は珍しい。滅多に見られない慈悲の籠もった天使の笑みに、心臓が痛いほどに鳴りだした。

(なんだ、これ……？)

初めての風魔法に、心臓がどうかしてしまったのだろうか。

「ジェラルド？　まさかどこか打ってた？」

心配そうにエルウィンが手を伸ばしてくる。目の前の白い手に、さらに心臓が痛んで、ジェラルドは咄嗟にその手を振り払った。

「いたっ」

ぱしんと叩かれた手に驚き、エルウィンが目を見開いた。

「あ……、すまない」

「どうしたんだよ。せっかく褒めたのに」

ムッとした顔で、エルウィンが言った。

「いや、まだまだ完璧じゃないから、自分が腹立たしくて、つい八つ当たりしてしまった……、だけだと思う」

きっとそうだ。初めて飛べた喜びと、中途半端に落ちてしまった悔しさで、どうかしていたに違いない。

「そう？　まあ、だったらもっとがんばんないとね」

「ああ」

頷いて、こぶしを握る。胸をドンドンと叩き、未だ高鳴る心臓をどうにか落ち着けようとしたが、しばらく鼓動は落ち着きそうもなかった。

ジェラルドに魔法の特訓をしてから早三ヶ月が経とうとしている。ランクのほうは少し停滞期で、エルウィンはまだBからAに上がれずにいた。

とはいえ、別に焦っているわけではなかった。停滞している理由がはっきりとしているからだ。ここ一ヶ月、ジェラルドの成長が芳しく、依頼よりも特訓のほうに時間を割くことが多くなったのだ。

ジェラルドは、今まで見てきたエルフたちよりも真面目《まじめ》で、かつ強欲だった。絶対にほかの魔法も修得してやるという気迫があったし、自分への甘えがない。かといって、特段魔法に興味があったようでもない。

エルウィンは元々ゲームオタクで魔法に憧《あこが》れがあったから、コツコツと経験値を貯めることも苦ではなかったが、筋トレを毎日倒れるまでやれと言われたら絶対に逃げ出す自信がある。どんな環境で育てば、興味のないことにこれほどまでにひたむきになれるのだろう。文句ひとつ言わず、ただ黙々と、師匠を信じて研鑽《けんさん》を積めるのだろう。

そんなジェラルドを見ていると、エルウィンは嬉《うれ》しくて、でも時折胸が締めつけられるのだ。

＊＊＊

これだけがんばっているのだから、「もういいよ」と甘やかしてしまいたくなる。たまにはゆっくりしよう、訓練をやめさせたくもなる。だが、それをジェラルドが望んでいないことも、エルウィンにはわかっていた。もっともっとと、ジェラルドの瞳《ひとみ》が燃えるように滾《たぎ》っているのだ。そんな目を見てしまえば、エルウィンは止められなかった。

はじめは、ジェラルドがエルウィンに世間の常識やら相場を教え、エルウィンがジェラルドに愛嬌《あいきょう》や魔法を教えるという理由でパーティーを組んだはずなのに、今はもうそんなことはどうでもよくなっていた。ふたりとも、気が合うから、一緒にいたいからいる、という感じだ。

エルウィンはもうとっくにこの世界の常識はある程度身につけたし、相場も知っている。ジェラルドだって、最近ではエルウィン以外にも笑顔を見せるようになった。ギルドのガレット支部長や職員、宿屋の主人、行きつけの酒場のティモスや常連客、装備屋の頑固親《おや》父《じ》、孤児院を運営している教会の神父。

それに伴って、見ず知らずの人に怖がられることも少なくなった。代わりに、人の好さがばれて騙《だま》そうとする輩《やから》も寄ってくるようになってしまったが、それはエルウィンが厳しく言ってなんとか被害を食い止めている。

エルウィンのことを世間知らずだと出会ったばかりのときにジェラルドに言われたが、今ではすっかり立場が逆転している気がしないでもない。

そして今日、ジェラルドが風の上級魔法を使えるようになった。

元々、炎魔法も中級までしか使えなかったが、マナコアを鍛えてから魔力コントロールが上手くなり、上級魔法を難なく使えるようになっていた。攻撃特化なら、超級まで使えるものもあるから、実質超級使いと言っても差し支えない。

ジェラルドが造った大きなサイクロンの内側では、雷鳴が轟《とどろ》いている。

「……優秀だと思ってたけど、ここまでとはね」

中にいる魔物はきっと、風と雷でズタボロになっていることだろう。

「師匠がいいんだ」

ニッと笑って、ジェラルドが言った。本当に、表情が柔らかくなった。大荷物を持った老婆に怖がられていたのが遠い昔のようだ。

しかし、こんなふうに大した時間もかからず自然と笑えるようになったのは、ジェラルドがちゃんと笑い方を知っていたからだとエルウィンは思う。

つまりそれは、彼の両親が愛情をきちんと注いでいた、ということだ。たとえ村の連中に爪弾《つまはじ》きにされても、そこに確かに愛はあった。だから、ジェラルドは笑い方を覚えるのではなく、思い出すだけでよかった。

「風魔法はこのくらいにして、次は水か土だね。きっとドワーフなら土の相性のほうがいいと思うけど……」

エルウィンが訊《き》くと、ジェラルドは魔法を止めて、訊き返す。

「君はどっちが苦手なんだ？」

サイクロンに巻き込まれた魔物が、どさりと地面に落ちてくる。案の定、ズタボロの丸焦げだ。

「オレは別に苦手なものはないけど……。でも解毒できるから、水魔法のほうがおすすめだな。もしパーティーを解散しても、水魔法の回復系を覚えていれば、自分で怪我《けが》も治せるし……」

便利だよ、と最後まで言い切る前に、ジェラルドが遮った。

「土魔法にする」

「えっ？」

「土魔法を覚える」

「なんで？　さっきも言ったとおり、水魔法のほうが便利……」

「エルウィンが回復させてくれればいいだろう。土魔法のほうが攻撃力が強いらしいし、戦闘に有利なほうがいい」

笑顔を引っ込めて、むしろ不機嫌そうに言い放ったジェラルドを、エルウィンは不審な目で見つめた。

じっと見つめること、数秒。それで、怒っているというより不貞腐れているのだと気づく。

（何か不貞腐れる原因あったっけ……？　オレ、変なこと言ったかな）

　会話を思い返してみても、エルウィンにはわからない。

「なら土魔法から教えるけど……。なんでそんな顔してるの？」

「だって……」

　ジェラルドの眉間《みけん》のしわがさらに濃くなった。それに加え、子どものような口調に、エルウィンの母性本能（男でもあるのかは不明）がくすぐられた。

「だって、何？」

　母親が子どもを諭すように、エルウィンは訊いた。

「……エルウィンが解散とか言うから」

　予想外の答えが返ってくる。

「えっ、いやいや、解散は例え話じゃん」

「例え話でも嫌だ。俺は、あの条件が達成されても、エルウィンと一緒にパーティーを組んでいたい。解散なんてしたくない」

　確認し合ったことはなかったが、ジェラルドもきっとそう思っていてくれるだろうと信じていた。それが当たっていたことに、エルウィンはほっとした。それから、くすぐったい感覚が身体《からだ》を駆け巡り、思わず破顔した。

「オレだって同じ気持ちだよ。ジェラルドとずっと一緒にウィンディ・アックスとして活動するんだ。ただ、オレに何かあった場合、ジェラルドひとりでもなんとかなるようにって……」

「エルウィンに何かなんてない」

断言して、ジェラルドが首を横に振った。まるで子どもの屁理屈《へりくつ》だ。

（そういえば、こいつはオレより五つも歳下《としした》だったなー。身体も態度もでかいから時々忘れるけど）

日本でいうところの、大学生だ。こちらはアラサー手前のサラリーマン、プラス、二十六年のエルフ人生経験者。実質三十歳以上も離れている。エルフになってからは好き勝手生きてきたから、精神的な成長はほぼないどころか、甘やかされていた分後退している気もするし、ジェラルドの人生の先輩として見本になれるとはとても思わない。

だが、それでも、やはり年長者として、エルウィンは寛容でなければならなかった。

「わかったよ。オレは最強だもんな。万が一なんてあり得ない。じゃあ、明日から、土魔法を教える。今までどおり厳しいから、覚悟しておいてよ」

そこまで言ってようやく、ジェラルドの笑顔が戻った。

「ああ。よろしく頼む」

丸焦げになった魔物をさらに炎魔法で灰にして、風魔法で周囲にばら撒《ま》く。素材として使えない狂暴な魔物は、ジェラルドの練習相手にちょうどよかった。

　残りの魔力を使い切るために、ケイロンまで風魔法で上空を飛んでいくことにする。

　ジェラルドが浮遊魔法を覚えてから、ウィンディ・アックスの活動範囲は特段に広がっていった。はじめはケイロン周辺だけだったものが、リベリア地方全体にまで進出し、リベリアにあるギルド都市にはそこそこ名が知れ渡っている。

　だが、宿屋は相変わらず節約のためにケイロンの治安の悪い安宿だ。というより、ケイロンが存外に居心地のいい街で、ほかの都市に拠点を移すより、飛んでいったほうがいいとの結論に至ったのだ。

　それにケイロンは、誰《だれ》もがウィンディ・アックスを知っている。冒険者だけでなく、一般人も皆だ。だから暴漢に襲われることもないし、ナンパもされない。それが本当に楽だった。

　ケイロンのギルドに戻り、依頼完了の報告を受付で済ませたところで、ちょうどエルウィンの魔力が底をついた。ぐうっと派手な音が鳴ったのを、偶然隣にいたカイルが聞いていたらしく、ぷっと吹きだした。

　ちなみに（皆は覚えていないかもしれないが）、ウィンディ・アックス結成時に仲間に入れてくれと声をかけてきた灰色頭の剣士だ。ランクはBだったものが、最近Aに上がったと風の噂《うわさ》で聞いた。カイルもAランクが十人といないこの街では名の知れた冒険者のひとりだ。ついでに言うと、ケイロンにはSランクはいない。

「笑うなよ。依頼をこなしてへとへとなんだ、オレは」

「ごめんごめん。顔に似合わない豪快な音だったから、つい。お疲れ、姫」

ばんばん、とカイルがエルウィンの薄い背中を乱暴に叩《たた》いた。それを、ムッとした顔でジェラルドが止めた。

「カイル。不用意に触るな。姫呼びもやめろ。エルウィンが機嫌を損ねたらお前の腕が飛ぶぞ」

「いや、そんなことしないから！　なんでオレが悪魔みたいなふうに言うんだよ」

あまりの言われように、エルウィンは抗議した。だがそれを無視してジェラルドはカイルとのあいだに入り込むと、エルウィンを壁のほうに押しやる。

「おいー」と抵抗しようにも、腕力でジェラルドに敵《かな》うはずもなく、エルウィンはむぎゅっと壁とジェラルドに押し潰《つぶ》された。

「相変わらず過保護だなあ」

カイルが呆《あき》れたように言う。

「誰も手を出さないよ、おたくの姫には」

「わかっているならいい」

最近、というかここ二ヶ月ほど、カイルの言うとおりジェラルドの過保護が激しい。暴漢でもない知り合いの男に対してまでも、エルウィンに話しかけようとするものなら警戒心丸出しであいだに入ってくるのだ。

街の女の子にもそうだ。エルウィンに挨拶《あいさつ》するくらいならいいが、ボディタッチをしそうになると、無言で止める。おかげでエルウィンに気軽に話しかけてくる女の子は激減してしまった。

一応「ジェラルドよりオレのほうが強いんだから心配はいらない」と抗議はしたものの、その話になるとジェラルドはぷいっとそっぽを向いてしまう。叱《しか》られた犬のような態度だ。そしてまた同じことを繰り返す。

――もしかしたら、ジェラルドは自分のことが好きなのかもしれない。

そう思って疑いの目を向けてみたことがある。しかしジェラルドはエルウィンの色気にあてられている様子もなく、目の前で堂々と上半身の裸を晒《さら》してみても、ほかの男のようにぎらついた目にはならなかったし、むしろ寒いから早く着替えろと心配までされる始末。

だからエルウィンは考えを改めた。ジェラルドのこの態度は、きっと子どもが親を取られたくないという甘えに近いものだろう、と。

なんとなく納得いかないような、「保護者じゃない」とムカつくような気持ちもしないでもなかったが、エルウィンはそれで無理やり納得することにした。

どちらにせよ、ジェラルドがそれほどエルウィンを大切に想ってくれているということ

には変わりないのだから。

「お前はまだAには来ないのか」

カイルがジェラルドの肩越しにエルウィンに訊《たず》ねた。押し潰されて顔が酷《ひど》いことになっているのを見て、カイルは笑いを堪《こら》えている。カイルもジェラルド同様、エルウィンの美《び》貌《ぼう》に惑わされない貴重な存在だ。己の心を律せるからこそ、Aランクまで順調に上がってこられたのだろう。

「依頼よりも先に俺の訓練に力を入れているからだ。エルウィンが本気を出せばすぐにAどころかSにだってなれるに決まっている」

ジェラルドが代わりに答えた。

「まあ、俺より強いもんな、エルウィンは」

うんうん、と頷《うなず》いたカイルに、どうしてかジェラルドが逆毛立つ。

「気軽に名前を呼ぶな」

「本当にお前はめんどくせーな。姫って呼んでも怒るくせに」

呆れたようにカイルがため息をついた。まったくそのとおりだとエルウィンも頷く。

「ま、そのうちAランクになるだろうし、共同の依頼があったら、そのときはよろしく頼むな」

これ以上絡んでもいいことはなさそうだと、カイルは右手を上げて去っていった。そこでようやくジェラルドの圧迫から解放される。

「はー。壁と同化するところだった」

息苦しさがなくなり、エルウィンはほっと息をついた。

「壁とは同化できないぞ」

何を言ってるんだという顔をされ、エルウィンは軽くジェラルドを叩く。

「わかってるよ。例えだよ、例え。さ、飯行こ、飯！」

先ほどから、お腹がぐるぐると唸《うな》りっぱなしだ。ジェラルドの背中をぐいぐいと押し、酒場へと向かう。

その道中にも、いろいろな人に挨拶された。成長の速さで一目置かれるウィンディ・アックスだが、人気者になったのはそのせいだけではなかった。

仕事の丁寧さと、ジェラルドの日々の善行の積み重ねのおかげだ。ただ有名なだけなら、アンチがうじゃうじゃといただろうが、アンチも些細《ささい》なことだと思えるほどに、ウィンディ・アックスを讃《たた》える声は大きい。

エルウィンに対して過保護すぎるジェラルドの態度も、逆に面白がられている節があった。むしろジェラルドのムスッとした顔が見たいがために、わざとエルウィンに話しかける者もいるくらいだ。

だが、ジェラルドは自分もエルウィンに負けず劣らず人気者だということに気づいていなかった。もったいないな、とジョッキを持ち上げる逞《たくま》しい腕を眺めながら、エルウィンは思った。

（よく見たら顔もいいし、身体はもちろん心根だってやさしい。根性だってある。将来性もある。……ジェラルドって実は超ハイスペなのでは？）

自分もハイスペックであるのはエルウィンも自覚している。しかし、異性から見たときに、どちらがいいかと言われたら、自分ならジェラルドを選ぶだろう。

エルウィンは、可愛《かわい》すぎるのだ。ケイロンに来てから、男だと知れ渡ってもなお、エルウィンに秋波を送る男は多かった。そのせいなのか、一部の女性から嫉妬《しっと》めいた敵意を向けられることもあった。

それに加え、顔見知りになったよく行くパン屋の娘にそれとなく自分の印象を聞いてみたところ、

「エルウィンといると綺麗《きれい》すぎて落ち着かないから、見てるだけがちょうどいいよ」

と、遠まわしにお断りされたこともあった。

そうしてエルウィンはようやく気づいたのだ。

――自分は女の子にモテないのだ、と。

（そりゃあ、自分より可愛い男が隣にいるのは嫌だよなぁ……）

だから森のエルフの女子たちも、「エルウィンは対象外」と笑っていたのか、と二十六

年目にしてようやく真実に辿《たど》り着いたのだった。

「なんだ？　じっと見て」

エルウィンがじろじろと無遠慮に見つめていることに気づいたジェラルドが、困った顔で言った。

ジェラルドはこの数ヶ月で本当に表情が豊かになった。エルウィンでなくても見抜けるほどに。

「んーん。ジェラルドはいいなって思って」

「何がだ？」

「男としてかっこいいじゃん。背も高いし、顔もいいしさ。羨《うらや》ましい」

筋肉が隆々と盛り上がっている腕に、エルウィンは手を置いた。

「……っ」

くすぐったかったのか、ジェラルドがぴくりと震えたあと、唇を噛《か》んだ。

「ほら、こんなに硬くて太いんだもん。オレなんてひょろひょろだよ」

真っ白で細い腕を出し、ジェラルドの腕とぴったりくっつけながら、エルウィンは言った。並べるとその差は歴然で、ふた回り以上大きなジェラルドの腕が、岩のように見える。

「エルウィンが俺みたいな体型だったら、ちょっと落ち着かないな」

「確かに」

想像してみて、エルウィンは声を立てて笑った。美少女めいた顔の下に、ムキムキのマッチョバディがついていたら、あまりのギャップに風邪《かぜ》をひきそうだ。

「そのままでいい。エルウィンにはエルウィンのよさがある」

ジェラルドがそう言って、エルウィンの細腕をやさしく撫《な》でた。その手つきに、少しだけ身体が強張《こわば》る。だが、決して不快なわけではなく、ただ心臓の辺りがざわざわした。

「でも、女の子にモテたいのに……」

それを誤魔化《ごまか》すようにわざと声を大きくして、エルウィンは言った。

「俺のようになったってモテるわけじゃないし、俺は別にモテなくてもいい。たったひとり、心に決めた人に好きになってもらえさえすれば」

そう言って、ジェラルドがエルウィンをじっと見つめた。

「純情なんだな、ジェラルドは」

まっすぐすぎる視線がなんとなく落ち着かなくて、ははっと笑って視線を逸《そ》らしてエールを呷《あお》る。

「おかしいか?」

「おかしくはないよ。でもそんな童貞みたいな……」

からかおうとして、はっとする。これまでの経緯を考えると、ジェラルドが女性と付き合えるわけがなかった。最近はジェラルド人気も出てきたからモテているはずだが、いつもエルウィンにぴったりとくっついていて、女がいる気配もなかった。

案の定、「童貞だ」と潔い返事が返ってきた。言わせてしまったことに多少の罪悪感を覚えながら、しかし好奇心も出てきてしまった。

「女の子と付き合ったこともないの？」

エルウィンは小さな声でコソコソと訊いた。

「ああ。友人すらいなかったんだから、当然だろう。村を出たあとも、俺が声をかけてもみんななぜか逃げていってしまって……。君が無愛想で怖いとはっきり言ってくれなかったら、一生気づかなかった」

「なんて不憫《ふびん》な」

一応、友人付き合いくらいはしようという努力はしていたのだろう。それなのに顔の怖さに逃げられるのを想像したら、可哀想《かわいそう》で仕方がない。

だが同時に、エルウィンは仄暗《ほのぐら》い喜びが胸に灯《とも》ったのを感じてしまった。

ジェラルドが自分だけに懐いているのが気分がよかったのだ。

「そういうエルウィンは？」

まさか自分も訊かれるとは思っておらず、エルウィンは飲もうとしていたエールで噎《む》せた。

「オレ？　そ、そりゃあオレくらいの美貌の持ち主とあれば当然女の子たちからモテモテに決まってるじゃん」

見栄を張って言ったものの、前述のとおり、女子顔負けの美しさに、エルウィンに近寄る女子はそう多くはなかった。近寄ってきたとしても、しばらく付き合っているうちに、「友だちとしてならいいけど、恋人としてはなしかな」と判断されてフラれるのが定番だった。

つまり、ジェラルドを不憫と言いつつも、自分自身もまったくの経験なしなのだ。五十嵐大和だった前世から、今まで。エルウィンはまっさらなまま。

「でも、さっきモテたいとか言わなかったか？　あれは女性にモテてないから言っていたんじゃないのか」

「うっ」

痛いところを突かれ、エルウィンは項垂《うなだ》れた。そしてあっさり白状した。

「……そうだよ、オレもお前と同じ童貞だよ！」

やけくそになって、ジョッキに半分以上残っていたエールを一気に飲み干す。一息ついたところで、ジェラルドがさらに突っ込んだ質問をしてきて、エルウィンは再び噎せることになった。

「童貞なのはいいとして、エルウィンはむしろ男にモテているが、その……、そっちの経験があったりするのか？」

「はー!? ないない、ないです!」

突然なんてことを言いだすのだ、とエルウィンは顔を真っ赤にして答えた。

「オレは正真正銘、まっさらな童貞処女です!!」

あまりの動揺に、声が大きくなってしまった。周りにいたほかの客にも聞こえてしまったようで、

「姫、処女なの?」

「俺も童貞だから奪ってほしい!」

などという下世話な野次が飛んできた。それをジェラルドがひと睨《にら》みで黙らせ、「すまない」とエルウィンに謝罪してきた。

「俺が変な質問をしたせいで」

「いや、オレが言いだしたことだし……」

はあ、と大きなため息が出た。明日にはきっと、「純潔のエルウィン」などと不名誉な噂が出回っていることだろう。

「だー、もう! 呑《の》んで忘れよう」

「ああ」

ティモスに新しい酒を注文し、その夜エルウィンはぐでぐでになるまで呑み続けたのだった。

エルウィンはたまに変わったことを言う。

いや、変わったというか、ジェラルドの知らない言葉や、思いもしないことを言うのだ。発想だって、飛び抜けている。

例えば、「レベリング」だったり、「コスパ」だったり、この前は「プラシーボ」がどうのこうのと言っていた。意味はなんだと問えば答えてくれるが、毎回「やべっ」と気まずそうな顔をしているのを見ると、どうやらマグナスの森の方言というわけではないようだった。

＊＊＊

そして、ついこのあいだ、たまたまエルウィンがいないときにマグナスの森出身のエルフに会ったが、エルウィンが使う単語は聞いたことがないという。つまり、あれらはマグナスの森でも稀有《けう》な言葉ということになる。となると、エルウィンのような賢いエルフしか学んでいないような、難しい学術書に載っていた言葉かもしれない。

しかし、だとしたら方言だなどと言わずに読んだ本に載っていたと言ってくれればいいのにとジェラルドは疑問に思っていた。それに、後ろめたいような表情も、どうにも引っかかる。

――エルウィンには何か秘密がある。

本人が話したくないのなら、無理やり訊きだすようなことはしたくない。けれど、これだけ一緒にいても、互いに気の置けない間柄になったとしても、未《いま》だ打ち明けられないのは、どこか寂しい気がしてしまう。

いや、エルウィンを大切な仲間だと思っているのは自分だけかもしれない。こちらは何もかもを打ち明けたつもりだが、エルウィンにとってまだ自分はそれほどではないのかもしれない。

隣のベッドですうすうと寝息を立てるエルウィンをじっと見つめながら、ジェラルドはそっとため息をついた。

「どうしたら君は俺を信用してくれるんだ……？」

もどかしい思いが、ぐっとジェラルドの胸を締めつける。

美しい髪に、天使のような美貌。同じ男なのにもかかわらず、強く摑《つか》めば簡単に折れてしまいそうな細い首。

近頃、エルウィンを見ていると、どうしようもなく破壊的な衝動に苛《さいな》まれることがある。大切にしたいのに、その反面、ぎゅうぎゅうと抱きしめて潰してしまいたい気持ちになるのだ。

自分はどこかおかしいのではないか。こんな自分だからエルウィンは信用してくれないのではないか。

妙な欲望に支配され、エルウィンとの関係について悶々《もんもん》と考えていると、下半身に熱が集まってきてしまうのも、最近の悩みのひとつだ。

「はあ」

ため息をもう一度つき、ジェラルドはベッドからそろりと立ち上がった。眠っているエルウィンを起こさないように、忍び足で手洗い場に向かう。

パタンとドアを閉めてから、呟《つぶや》く。

「エルウィン……」

そこに仄かに微熱が籠《こ》もっていたことを、そこに理由が隠されていることを、このときのジェラルドは気づいてすらいなかった。

＊＊＊

「信用されてないと思わせちゃってんのかぁ……」

夜中ふと視線を感じ、エルウィンは目を覚ました。そこにいるのがジェラルドだとわかり、瞼《まぶた》は開けないまま、そっと気配を窺《うかが》っていた。

そして、エルウィンが秘密を抱えていることを察し、それを打ち明けられないことにジェラルドが落胆しているのを知ってしまったというわけだ。

その後、トイレに行ってしまったので、聞き耳を立てるのをやめて、布団をかぶり直した。

（オレが異世界の記憶を持ってること、別に言ってもいいんだけど……）

少し不安はあったが、ジェラルドなら受け入れてくれるという信頼はある。

ただ、万が一ジェラルドが信じてくれなかったときのことを考えて、ストップがかかっていただけだ。それにそもそも、別にわざわざ話すようなことでもないと思っていた。

それがジェラルドを不安にさせているというのなら、エルウィンには話す覚悟はある。

「明日になったら、打ち明けよう」

どうか馬鹿にした目で見られませんように。

そう祈って、エルウィンは再び眠りについた。


そして、翌朝。

エルウィンが起きると、すでにジェラルドが朝ごはんを買い込んできてくれていて、テーブルにお茶とバゲットサンドが並んでいた。

「おはよう、エルウィン」

「あ、うん、おはよ」

不安を包み隠していつもどおりのジェラルドに、エルウィンは罪悪感を抱いた。

（ジェラルドの感情の変化はわかるようになったと思ってたのに、当たり前だけど顔に出さない感情もまだまだあったんだな……）

顔を洗い、寝間着のままテーブルに着く。ジェラルドも座ったところで、エルウィンは切り出すことにした。

「なあ、ジェラルド。オレ、お前に話さなきゃいけないことがあるんだ」

そのとき、びくっと大げさにジェラルドの身体が跳ねた。そして恐る恐るといったふうに、訊く。

「まさか、昨日の、聞こえて……？」

「ああ」

エルウィンが頷いた途端、ジェラルドが真っ赤になった。それも当然だろう。まさかエルウィンが起きているとは思わず、初めて弱音のようなものを吐いたのに、それを本人に聞かれてしまっていたのだから。

「すまない。本当に、たまたまなんだ。いつもはあんなこと……」

「……？　うん。ジェラルドは我慢しちゃうもんね、そういうの。でも、気にしなくていいよ。オレだって、ジェラルドが寝てるときたまにやっちゃうもん」

聞かれたくないが、相手に言いたいことがあるときに、エルウィンもしてしまう。ジェラルドに対しても、「無理するな」と何度寝顔に語りかけたか。

「エ、エルウィンも……？」

　頷くと、なぜかますますジェラルドは顔を赤くした。

「エルウィンは、そういうのしないと思っていた」

「まあ、同じ生き物だからね」

「それで、話というのは？」

　ごくりとジェラルドが唾《つば》を呑みこんで、訊いた。額には汗が滲《にじ》んでいる。そこまで真剣になっているということは、余程不安だったのだろう。

　安心させるためにエルウィンは微笑《ほほえ》んで、語りだす。

「多分、前から気づいてたとは思うんだけど、実はオレ……、まだジェラルドに話してない秘密があるんだ。それで昨日の夜、ジェラルドにあんなことを言わせちゃったんだよね？　不安にさせてごめんな」

「えっ」

「えっ？」

　驚きに見開かれたジェラルドの目に、エルウィンは首を傾《かし》げたが、すぐに「なんでもない」と返されたので、そのまま続きを話すことにする。ジェラルドは気まずそうに、だが先ほどよりも赤みの引いた顔でじっとエルウィンの話に耳を傾けた。

「ジェラルドも知ってるとおり、オレってたまにみんなの知らない言葉を話すじゃん？　まあ、言葉だけじゃなくて、マナコアの成長のこととか、いろんな元素魔法の使い方の発想とかもさ」

「ああ。不思議に思っていた。天才なだけではない、と。前に一度、酔っ払って自分はずるいだのなんだのと言っていたが、もしかしてそれと何か関係があるのか？」

「さすがだね」

ジェラルドはよく覚えている。酒に酔った自分がどこまで話したかは覚えていないが、あのときジェラルドが努力を認めてくれたから、エルウィンの心の底にあった澱《おり》が消えたのだ。

「オレがずるいって言った理由はね。……――オレが、異世界から来た転生者だからなんだ」

「転生者……？」

聞き慣れない言葉に、ジェラルドの眉間にしわが寄った。

「そう。前世って言ったほうがわかりやすいかな？　つまりオレは異世界で生きた前世の記憶を持っているってこと。ジェラルドが不思議に思ったオレの言葉や発想は、全部前世の記憶に基づいたものだったんだ」

「そう、だったのか」

頷きながらも、ジェラルドの表情には混乱が満ちていた。それも当然だ。エルウィンが逆の立場なら、すぐには理解できないだろう。

「前世、か」

「信じられなくても当然だよね。でも、本当のことなんだ。前世では、地球っていう星の日本っていう国の東京って首都でサラリーマン……っていってもわかんないか。とにかく、商会の下働きみたいなことをしてた、普通の人間だったよ」

「エルウィンが、人間……？」

「うん。冴《さ》えない三十手前のただの普通のおっさん。働きすぎて、病気で死んじゃって、気づいたらこの世界に生まれ直してたんだ。エルフとしてね」

エルウィンの話すことの半分も理解できていないという顔で、ジェラルドが頭を抱えてしまった。エルウィンは申し訳ない気持ちになりながらも、続きを話す。

「その世界には魔法なんてものは存在してなかったし、代わりに科学が発達してて、この世界よりも随分発展してた。人間以外の言語を話す生物はいなかった。エルフも、ドワーフも、獣人もね」

「……それならなんでエルウィンは魔法が使えるんだ？　ずるいだなんて、むしろ不利じゃないか」

少し考えて、ジェラルドが質問を返した。彼なりにしっかりと噛み砕いて理解しようとしているのが伝わってくる。

「魔法はないけど、概念はあったんだ。でも、それはおとぎ話と同じ扱いで、小説やゲームの中だけのものだった。人間の空想だよ。でも、空想だからこそ、好き勝手思い描ける。こんな魔法があったらいいのにって、みんな自由にお話を創るんだ。オレの魔法の着想は、だから前世のいろんな人たちのアイデアなんだ。オレのものじゃない」

この世界では、魔法はあまりに常識すぎた。長年積み重ねられた常識は、やがて固定観念へと繋《つな》がっていく。

そんなこと、できるわけがない。前例がない。だから、常識から外れるようなことを、皆やらない。

だがエルウィンは、その常識を知らなかった。いや、本来は成長の過程で周りに教えられるはずだったが、すべてにおいて疑ってかかったのだ。

魔法はそんな窮屈なものであってほしくない。もっとすごい魔法がきっとあるはずだ。前世でとことんやり尽くした、大好きなゲームのように。

顎《あご》に手を当て、ジェラルドはじっと考えに耽《ふけ》っている。エルウィンはそんな彼を邪魔しないように、静かに彼が淹《い》れてくれたお茶を飲む。

思慮深いのも、ジェラルドのいいところだ。きちんと考えて、言葉を口にする。こういう真面目な場面では、なおさら。

「――……エルウィンは」

数分の沈黙を破って、ジェラルドが口を開いた。

「オレが何？」

「前世があったから、何かつらい思いをしたことがあったか？」

予想外の質問に、エルウィンは目を瞬《しばた》いた。

「いや、ないけど。むしろ得したかな。……ああ、でも、コンビニやゲーム機がないのが最初は苦痛だったなー。でも今は慣れたし、この世界がゲームみたいなものだから、全然問題なし！」

エルウィンが答えると、ジェラルドはほっと息をついた。

「そうか。それならよかった」

心底安堵《あんど》しているように見えて、エルウィンは首を傾げて訊き返した。

「信じてくれるの？」

「当たり前だろう」

不服そうに返され、面食らう。そもそもジェラルドにはエルウィンを疑うという気持ちがなかったようだ。

「ありがと」

礼を言った瞬間、どっと身体から力が抜けた。大丈夫だとは思っていたが、身体は緊張していたようだ。

「まだ理解ができていないところもあるが、もしよかったら、前世の世界というものについて教えてくれたら嬉しい」

ジェラルドもどこかほっとしたように、和らいだ表情を浮かべて言った。

「うん。もちろん。ジェラルドにも共有したら、新しい魔法のアイデアが浮かんでくるかもしれないし」

「それもそうだが、単純に異世界とやらに興味がある」

「全然違うところだからなぁ。説明が難しいけど、なるべくがんばるよ」

「よろしく頼む」

ニッと笑って、ジェラルドが右手を差しだしてきた。それを握り返して、もう片方の手で繋がった手を叩く。握手の仕方も、前世とは少し違う。

「まあ、これがオレの秘密のすべてだよ。そういや、じいちゃんにすら打ち明けてなかったな」

両親のこともあるのに、これ以上変な気を遣われたくなくて、エルフの皆には前世のことを黙っていた。シルフィは何か気づいているような感じもしたが、訊いてこないということは、いつかエルウィンが話すのを待っているのだろう。

もうひとり立ちしたんだし、いつ話してもいいんだけどな、とエルウィンが考えていると、目の前のジェラルドの顔がまた真っ赤に戻っていた。

「ジェラルド？　どうかした？」

熱でもあるのだろうかと彼の額に手を伸ばそうとしたものの、寸前で避けられてしまった。

「だ、大丈夫だ。問題はない」

「そ？　じゃあまあ、これからもよろしくね」

「ああ」

胸のつかえが取れ、安心してバゲットサンドを口に運ぶ。

そしてまたひとつ、思い出した。前世の日本と比べて、ここはあまりにも料理が雑だということを。

だが、二十六年ここで暮らして、エルウィンの舌はもうすっかりこの世界の味に慣れてしまった。死ぬ前によく食べていたコンビニのカツサンドの味も、母親の味噌汁《みそしる》の味も、たまに父親が作ってくれたカレーの味も、すでにおぼろげだ。

久々に、両親を思い出して胸が詰まった。

先に死んでしまった息子を、どうか許してほしい。できればふたりを最期まで見送りたかった。それができなかったことが、唯一の後悔だ。

こちらの世界で、その後悔を埋めたかったのだが、残念なことにエルフの両親は記憶が曖昧《あいまい》なときに亡くなってしまった。親孝行さえさせてもらえなかった。その分、シルフィを大切にしようと思っていたのに、いつの間にか反発して、迷惑ばかりをかけてしまっていた。

ぽろぽろと、涙が頰《ほお》を伝って落ちていく。

ジェラルドが、ぎょっとした顔ですぐにエルウィンの傍《そば》に跪《ひざまず》いて涙を拭《ぬぐ》う。

「どうしたんだ⁉」

あまりの慌てっぷりに、エルウィンは思わず笑ってしまった。

「ふふっ、ジェラルドがこんなに焦ってるの、初めて見た」

泣きながら笑うエルウィンをどうしていいかわからずに、ジェラルドは困ったように眉《まゆ》尻《じり》を下げた。そしておずおずと立ち上がり、座っているエルウィンを包むように抱きしめる。

「ジェラルド？」

「すまない、どうすればいいかわからなくて」

謝りながらも、ジェラルドの腕は、しばらくエルウィンを離そうとしなかった。

くっついた彼の胸から、少し速い心臓の音が伝わってくる。それだけでなく、彼の温《ぬく》もりも、匂《にお》いも、それらがまるごとエルウィンを包んでいる。

きっと安心させるために抱きしめてくれているだろうに、エルウィンの心臓はむしろ早鐘を打って落ち着かなくなってしまった。

けれど、なんとなく離れがたくて、甘えるように顔をジェラルドの胸に擦《こす》りつけた。

＊＊＊

エルウィンに出会って、一年が経った。

特訓の成果も如実に出て、ジェラルドはすべての元素魔法が使えるようになっていた。元々使えていた炎魔法は超級を。風魔法は上級まで、残りの土と水は中級まで問題なく扱えるようになり、身体強化魔法も修得したため、戦士としての腕も上々だ。それと比例して、停滞していたランクも上がった。

エルウィンはケイロン初のSランク、ジェラルドはAAA（Aになってからが長いらしい。よって経過をわかりやすくするために三つに区切られている）だ。もう少しでSになれるというところまできている。

新人が一年経たずにSランクになるのは前代未聞だそうで、エルウィンの美貌と相俟《あいま》って、今ではウィンディ・アックスの名はリベリア地方だけでなく、国内に轟いていた。

道を歩けばあちらこちらから声がかかり、ケイロンの街中にはふたりの公式ファングッズなるものがいたるところで売ってあった。

ちなみに、ファングッズの提案をしたのはエルウィン本人だ。ファンが増えたのをきっかけに、ギルドにグッズをつくるように提言したのだ。人気の冒険者の姿絵やオリジナルのロゴをあしらったものをつくれば売れるぞ、冒険者たちには数パーセントのマージンを支払い、あとはギルドの運営資金にでもすればいい、と。

最初は半信半疑だったギルドも、飛ぶように売れていくグッズを見て、エルウィンの商才に感服せずにはいられなかった。

ジェラルドも感心していたのだが、エルウィン曰《いわ》く、これも前世の先人たちのアイデアなのだそうだ。歌や踊りで人気を博すアイドルとやらがたくさんいて、その者たちのグッズが大人気だったのだという。

ジェラルドも、可愛らしいエルウィンの絵が描かれた根付をひっそりと、お気に入りのバッグにつけている。

「よお！　姫、旦那《だんな》！　こりゃまたすごいのを獲《と》ってきたね！」

依頼の大型魔物討伐を終え、丸焦げになった魔物を引きずりながらケイロンの街に戻ってきたふたりに、さっそく声がかかった。旦那というのはいつの間にかついていたジェラルドのあだ名だ。

「よっ！　さすが〝ケイロン一のポリナム夫婦〟」

別の誰かが、そう言って口笛を吹く。それに、エルウィンが「夫婦じゃねぇ！」と返すまでが一連の流れになっている。ポリナムというのは、一度決めた番《つがい》と一生添い遂げる鳥のことだ。エルウィンが女性に見えるからか、男だとわかっていても、ふたりを夫婦扱いする者は少なくない。

はじめこそ、その呼ばれ方に戸惑いはあったものの、言われ慣れればしっくりくるような気がして、今ではそう呼ばれるのをジェラルドは喜んでいた。エルウィンも、怒りつつも本気で嫌がっているようには見えない。そのことが、ジェラルドは嬉しい。

褒められたりからかわれたり、ファンからの熱い声援に応《こた》えながらギルドに辿り着く。

「あら、思ったより早かったですね。さすがウィンディ・アックスのおふたり」

受付にいたのは、冒険者登録の査定試験にいた試験官のマーシャだ。彼女の使っているペンには、ウィンディ・アックスのロゴがついていた。訊けば、彼女は試験以来ふたりの大ファンになったらしい。

「マーシャ、見てのとおりちょっぱやでさくっと狩ってきたよ。ボーナスは弾んでくれるんだろうね？」

「商会の定期便ルートに現れた魔物ですからね。早ければ早いほど助かります。色をつけてもらえると思いますよ。私からも口添えしておきますね」

「ありがと！　ちなみに倒したのはジェラルドで、オレは手伝ってないから、ランクポイント加算はジェラルドによろしく」

「あら、そうなんですね。了解しました」

依頼完了のスタンプをもらい、エルウィンがにこにことジェラルドのほうへ戻ってきた。報酬が決定するのはこのあとだ。素材は素材でまた別に査定の後、換金する。

今回の魔物は、人を丸呑みすることで恐れられている、スチールスネークだった。牙《きば》に毒があるので、スチールスネークとの近接戦闘は危険と言われているが、実は彼らが得意としているのは中距離戦闘だったりする。長い尻尾《しっぽ》で小石は飛ばすわ、毒霧を放つわ、おまけに魔法すらも効かないという、ソロ泣かせの魔物だ。

そんな強大な敵でも、エルウィンならばジェラルドが囮《おとり》になっているあいだに魔法一発で終わらせてくれるだろうと思っていたのだが、いざ現れた魔物を前に、「今回はジェラルドだけで倒してみて」と言われ、ジェラルドはさすがに戸惑った。

しかし、「大丈夫だって」とニヤニヤと人の悪い笑みを浮かべるエルウィンに背中を叩かれ、魔物のほうへ一歩踏み出したのだ。

そして、「一気、一気！」と飲み屋でよくエルウィンが言っている音頭に乗せられるがまま、得意の超級炎魔法を叩き込んでみたところ、あっけなく倒せてしまった。

以前の自分なら、巨大で恐ろしい魔物に尻込みしていたかもしれない。

「この手の魔物って、ある一定以上の威力の魔法なら無効化できないのが相場なんだよねえ」

丸焦げになったスチールスネークをつんつんとつつき、エルウィンはにっこりと微笑んでジェラルドを振り返った。

「ね？　大丈夫だったでしょ。ジェラルドは強いんだから」

いつかエルウィンに追いつきたいと願っていたが、もしかしたらそれはそんなに遠くない未来なのかもしれない、とジェラルドはぐっとこぶしを握った。

それから、決意を新たにした。

絶対にエルウィンの隣に立つに相応《ふさわ》しい男になる、と。

「多分これでジェラルドもSランクになれたよね？　報酬もたんまり入るだろうし、今夜はご馳走《ちそう》にしよ！　いつものエールじゃなくて、特別な酒がないかティモスに訊いてみないと……」

もう夕飯の想像をしているのか、エルウィンの顔はだらしなくゲヘへと緩んでいる。だらしないはずなのに、美貌のおかげか、どんな表情でもエルウィンが可愛らしいことに変わりない。

「お待たせしました。ウィンディ・アックスのおふたりさん。報酬額が決定しましたので、ご確認ください」

マーシャが呼んだ。ふたりで窓口に行くと、そこには支部長のガレットもいて、ヒラヒラとカードらしきものを振っていた。

「おめでとう、ジェラルド・ディオクレス。君のSランク昇格が決まった」

　発行したての新しいギルドカードは、Sランクの象徴である金色だ。それを両手で受け取って、ジェラルドはすぐにエルウィンに差し出してみせた。

「やった……、やったぞ、エルウィン！」

　あまりの嬉しさに、思わず破顔してしまう。

「ま、オレはジェラルドならすぐにSになれるってわかってたけど？」

　得意げに胸を張り、それからエルウィンは手でちょいちょいとジェラルドに屈《かが》むように合図した。それに従うと、小さくて細い手が、わしゃわしゃとジェラルドの髪を掻《か》きまわした。

「よくがんばったね、ジェラルド」

「……！」

　こんなふうに褒めてくれた人は、母親以来かもしれない。

　だが、母に褒められたときは高揚感だけだったのに、エルウィン相手だと高揚のほかに甘酸っぱいような羞恥心《しゅうちしん》が胸をくすぐった。見る見るうちに顔が赤くなっていくのが自分でもわかる。

「こんなとこでイチャついてんじゃねーぞ！　ポリナム夫婦！」

　誰かがからかうように言った。だが、その言葉には悪意は込められておらず、

「うるせぇ！　あんたらも褒めろ！　Sランクだぞ！」

と、エルウィンも笑いながら喚《わめ》いている。

ジェラルドのことを「表情が豊富になった」とエルウィンは言うが、ジェラルドもエルウィンに対して同じことを思っていた。

初めて出会ったときは、彼はもう少しおとなしかった。自分をよく見せることを意識していたというか、女性と間違われるためにわざとそうしているのかと思うほど、仕草も女性らしかった。

だが今は違う。言葉遣いも仕草も随分粗雑になった。ジェラルドのことを「君」と呼んでいたのに、いつの間にか「お前」になっていた。もちろん、ジェラルドの扱いが雑になったからというわけではなく、より親しみを覚えての「お前」呼びだ。

エルウィンは女性ではない。彼の行動も相俟って、ここ最近は女っぽいと意識することもなくなったはずなのに、ジェラルドの心臓はたまにドキドキと音を立ててエルウィンを追う。その感情がなんなのか、ジェラルドはまだ理解していなかった。

「さあ、早く査定して報酬もらって飲みに行こう！」

おめでとう、と周囲からの祝福の声を縫って、エルウィンに腕を掴まれたまま引きずられるように歩いていく。

受付の奥で、ガレットが怒ったようにこちらを睨んでいるのと目が合った。うるさくしすぎたようだ。ぺこりと頭を下げて、ギルドを出た。

その後、素材を買い取ってもらい、金貨でパンパンの財布を手に、ティモスのもとへ向かった。

その途中、ジェラルドはふと思いついて魔石屋に立ち寄った。前々から、この魔石屋に狙《ねら》っていた宝石があったのだ。

「何か買うの？　アックスに魔法付与でもするつもり？」

「いや、Sランクに到達した記念に、エルウィンに感謝を示したくて」

ジェラルドはそう言って、店主に加工前の大きな宝石を持ってきてもらった。滅多に採れないという、直径二十センチほどもあるラピスラズリだ。真っ青な石のところどころに、輝く黄金が散っている。『星の煌《きら》めく夜の欠片《かけら》』と言われるだけあって、見惚《みと》れてしまいそうなほど美しい。

ジェラルドの全財産ほどの値段だが、金はまた稼げばいい。

「これを、エルウィンに」

「えっ⁉　マジで言ってんの？」

値段の書かれた紙を見て驚愕《きょうがく》したエルウィンが、おろおろとラピスラズリとジェラルドを見比べる。

「いろんなものが溶け合っている宝石だと聞いて、エルウィンみたいだと思ったんだ。この石じゃ魔法に向かないか？」

宝石によっては、魔法の触媒（魔力を身体の外に放出するためのもの。魔石を通さずとも魔法は使えるが、魔力の消費量が若干多くなってしまう。ただし、ジェラルドのような戦士は魔法に頼らないので、持っていないことが多い）として向かないものがあるという。しかし、店主によれば、ラピスラズリはどんな元素とも相性がいいらしい。

エルウィンが今使っているクリスタルも、もちろん全元素向きのものだ。だが、ラピスラズリにはさらに厄除《やくよ》けの効果もあるそうで、たとえそれが眉唾《まゆつば》ものの伝承だとしても、エルウィンには身に着けておいてほしかったのだ。

「いや、オレと相性はいいよ。昔、小さなラピスラズリで試したことがあったけど、いい感じだったし……」

「だったら、遠慮せずに受け取ってくれ。俺の気持ちだ」

まっすぐに見つめてジェラルドがそう言うと、頷くまで折れないことを感じ取ったエルウィンは、眩《まぶ》しそうに目を細めて頷いた。

「ジェラルド……。ありがとう。大切に使わせてもらうよ。でも、さすがに大きすぎるから、加工して余った部分はジェラルドにあげるよ。お揃《そろ》いで使おう」

「そうしよう」

お揃い、という言葉に、胸がじんと熱くなった気がして、ジェラルドは微笑んだ。

その後、予定どおりティモスの店に到着すると、

「おおっ、ジェラルドもようやくSランクか！　おめでとう！」

と、ティモスも飛び跳ねて喜んでくれた。特別な酒はないかとエルウィンが訊けば、ちょうどいいのが入ったばかりだと満面の笑みで、なぜかジェラルドのほうを見つめながら言った。

一瓶五万カロンもするという酒だったが、エルウィンはあっさりとそれを買うと、ほかにもステーキだの果物の盛り合わせだの、高い料理ばかりを頼んで、周りのテーブルにいた皆にも振る舞った。

ただ、酒だけはティモスが「ふたりしか呑んではいけない」と言うので、分け合ってふたりで呑んだ。

最高に気分のいい夜だった。

＊＊＊

宿屋に帰ったのは、時計の針が午前を回った頃だ。

「エルウィン、着いたぞ」

ジェラルドが耳元で言った。どうやら足元が覚束《おぼつか》なくなって、支えてもらっていたらし

い。

「ん、ありがと」

　酒を呑んだときは、魔法で解毒しないと決めている。解毒してしまったら、酒の意味がなくなるからだ。エルウィンのそのポリシーをジェラルドもわかっているから、解毒魔法をかけろとは言わずに、こうして甲斐甲斐《かいがい》しく世話をしてくれる。

「風呂《ふろ》はどうする？」

　ジェラルドが訊いた。彼の声にも酔いが見えた。

「酔っ払いが風呂に入ると死ぬよ」

　エルウィンはひらひらと手を振って、ベッドにダイブした。

「それに、風呂に入らなくても水魔法と風魔法を組み合わせた便利な魔法があって、こんなふうに一発で身体がキレイに――……」

　実践してみせようと、エルウィンは杖代《つえ》わりに指を振った。

　しかし、杖ではないせいか、それとも酔っているせいか、回路がうまく繋がらない。

「あれぇ？」と首を傾げたその瞬間、ザバッと生温《なまぬる》いお湯がエルウィンに降り注いだ。服もベッドもびしゃびしゃだ。

「あはは、失敗した」

「笑ってる場合じゃないだろう」

ジェラルドが呆れたように言って、風魔法で乾かそうと手を構える。しかしすぐに下げてしまった。

「俺も酔っているから、失敗しそうだ」

「間違えて攻撃魔法だったらシャレにならないもんね」

仕方なくタオルで乾かすことにして、ジェラルドが大量のタオルを取ってきてくれているあいだ、濡《ぬ》れた服を脱ぐ。パンツまでびしょびしょだ。全裸になって、タオルが届くのを立ったまま待つ。

裸でいるのは肌寒い季節のはずなのに、酒のせいか妙に熱い。

戻ってきたジェラルドが、全裸のエルウィンを見て、ぎょっと目を見開いた。タオルを投げつけて、叫ぶように言う。

「……っ、服を着てくれ」

男同士なのだから全裸くらい、と思っていたが、耳まで真っ赤になったジェラルドに、いたずら心が湧《わ》いてくる。

身体の水分をざっと拭《ふ》き取ったあと、エルウィンはジェラルドの腕を引き、そのままぐいっと彼のベッドへと一緒に倒れ込んだ。

「今日はこっちで寝る。ベッド水浸しにしちゃったし。いいよね？」

「それは構わないが、だったら俺はソファで……」

逃げようとするジェラルドを抱きしめて、エルウィンはふっと彼の耳に息を吹きかけた。びくりと彼の身体が跳ねた。

「何？　オレが可愛すぎて恥ずかしくなっちゃったの？　オレ男だよ？」

「知っている。知っているが……」

必死に距離を取ろうと腕を突っ張るジェラルドに、今度はするりと細い脚を絡めた。するると、太腿《ふともも》辺りに硬い感触がぶつかった。

「うっ」

呻《うめ》き声とともに、ジェラルドが腰を引く。それがなんなのか、訊かなくてもわかる。

「ご、ごめん」

さすがにやりすぎたと、エルウィンはぱっと手と脚を離した。気まずそうに、ジェラルドが立ち上がろうとする。しかし、足がもつれて再びベッドへと倒れ込んだ。彼も酔っているのをすっかり忘れていた。

「……もうこのまま寝ちゃおうよ。ベッド広いし、ふたりとも寝相もいいし」

「せめて服は着てくれ」

エルウィンに反応してしまったのが余程ショックなのだろう。ジェラルドは深いため息をついて、エルウィンに背を向けた。自業自得なのに、少しだけ寂しさが胸を突いた。

「うん」

上半身を起こし、タオルでまだ濡れたままの髪を拭く。

聞き耳を立てると、ジェラルドの呼吸はまだ荒いままだった。背中を丸める彼を見て、罪悪感がむくむくと顔を出す。

実は、エルウィンの身体は毒に耐性があり、アルコールを呑んでもなかなか酔わないうえ、酔っても回復が早いのだ。だから、この時点ではほとんど酒は抜けていて、だんだんと素面《しらふ》の冷静な感情に戻ってきていた。

ジェラルドもドワーフの血が入っているし、酒には強いはずなのだが、呑ませすぎてしまったのだろうか。

（それとも、もしかして最近全然抜いてなかったとか……？）

エルフの身体は長寿のせいかのんびりしていて、あまり性欲が湧かない。だから自慰をしなくても全然平気で、思い返してみれば、ジェラルドと出会ってからまったく抜いていなかった。

だが、ジェラルドのほうはどうなのだろう。

ドワーフの性質はよく知らないが、ドワーフもエルフと同様そこそこ長寿だったはずだ。しかし、ジェラルドには人間の血も入っている。人間だった頃のエルウィンは、仕事に忙殺されていても週に二回は抜いていた記憶がある。

だとしたら、ジェラルドは一体今までどう処理していたのだろう。

エルウィンの知らないあいだに、こっそり抜いていたのだろうか。

男らしく整った顔が快楽に喘《あえ》ぐのを想像して、ぼっと頬が熱くなる。

(ダメダメ。相棒のそんなの、想像したら申し訳ない！)

そう思って頭を振るものの、ダメだと思えば思うほど、脳内にくっきりとその姿を思い浮かべてしまうのが、人の性《さが》だ。

武骨な彼の手が、(見たことはないが)大きな逸物を握り、上下に擦る。あえかな声を洩《も》らし、射精の瞬間にぐっと唇を噛みしめる。

そんな姿が、ありありと目に浮かぶ。

(あー、もう！)

乱暴に髪を拭き終え、寝間着に着替えると、エルウィンはジェラルドの隣に潜り込み、布団をかぶった。

だが、それがまずかった。

(わっ、ジェラルドの匂いだ……)

ジェラルドが使っていた布団から、当たり前だが自分とは違う彼の匂いがした。トンッと背中がぶつかり、その拍子に「ぐっ」とジェラルドの呻き声がした。

「あ、ごめん」

そんなに強く当たってないのにな、と不安になって振り返ってみれば、ジェラルドが小さく震えているのが目に映った。

「大丈夫？」

具合でも悪いのだろうか。それとも、兆してしまった熱がまだ治まらないのだろうか。

エルウィンの問いかけに、ジェラルドは答えない。さすがに心配になって、エルウィンは身体を起こしてジェラルドの様子を窺った。

その瞬間、手負いの獣のようにギラついた顔のジェラルドと、目が合った。

「……っ、あの酒、なんか変だ」

「えっ？　ティモスが用意してくれたやつ？」

「ああ。いつもは、酔ったらこんなふうにはならないのに……」

こんな、と言いながら、ジェラルドはもじっと膝《ひざ》を擦り合わせた。布団をめくってみれば、ズボンの布を押しあげて、くっきりと彼の怒張が形を表していた。ゆうに三十センチはあるだろう。

その想像以上の大きさに、エルウィンはごくりと息を呑んだ。

そして、好奇心が頭をもたげる。

(ちょっと見てみたい、かも……)

前世で他人の興奮した性器を見る機会などなかった。自分のは決して大きいとはいえず、巨根に男としての憧れがあったのだ。

だが、苦しんでいる相手に「見せて」というわけにもいかず、おとなしく引き下がろうと思っていたところ、ふいにジェラルドに腕を摑まれた。

そして、声にならない声で、「助けてくれ」と彼は言った。

この場合、助けるとしたらアレしかないだろう。

（まあ、自分のせいだしな……）

エルウィンはそっとジェラルドの隆起した股間《こかん》に手を伸ばした。そこに触れると、驚いた顔でジェラルドが何か言いかけた。だが、すぐに洩れそうになる声を止めるため、唇を嚙む。

ズボンの前を寛《くつろ》げ、下着を下ろした瞬間に、勢いよくジェラルドの怒張が飛び出してくる。童貞だという割に赤黒く、脈打つ血管は太かった。

「わ、すっげぇ……」

自分でするときのように指で輪をつくり、先端から下に下ろそうとするが、あまりの太さに指がくっつかない。おまけに先走りの量も半端なく、びくびくと跳ねるたびに、エルウィンの白い手を透明な液体が濡らしていく。

「こんな感じでいい？」

先走りのぬめりを借りて、ゆるゆると上下に扱《しご》いていく。

はじめはただなすがままになっていたジェラルドだが、エルウィンの指に合わせてゆっくりと腰を振りはじめた。

はあはあ、と興奮した息遣いが聞こえてくる。

しばらくして、ふいに「エルウィン」とジェラルドが名前を呼んだ。ドキッとして手を止めると、ジェラルドはぐるりと体勢を回し、エルウィンのほうを向いた。そして大きくて分厚い手が、エルウィンの股間へ伸びてきた。

「ひゃっ」

思わず声が出た。何をするんだと振りほどこうとしたが、エルウィンは気づいてしまった。いつの間にか、自分もジェラルドと同じように性器がしっかりと勃《た》ちあがっていることに。

「あ……っ」

ズボン越しにそこをぎゅっと握られ、恥ずかしさと快楽に喘ぐ。

「エルウィンも硬くなってる」

「オ、オレはいいから……」

押し返そうとしても、腕力で勝てるはずもなく、ジェラルドにあっさりと下着ごとズボンを剝《は》ぎ取られてしまった。

向かい合った性器の大きさの違いに、かあっと頰が熱くなる。

エルウィンの屹立《きつりつ》は色白く、先端は綺麗なままのベビーピンクだ。いつも食べているブルストよりひと回り以上小さい。ジェラルドに比べたら、エルウィンのモノは赤子同然だった。

「は、恥ずかしいんだけど」

相変わらず荒い息のまま、ジェラルドがじっとそこを凝視している。手で押し返しても敵わないから口で抗議したものの、彼の耳には届いていないようだった。

「エルウィンはここも可愛いんだな」

独り言のように呟いて、何をするかと思えば、ジェラルドは自分とエルウィンの性器をまとめて摑み、擦りはじめた。

「ああっ、んっ」

いきなりの強い刺激に、エルウィンはびくびくと背中を反らす。

「ジ、ジェラルド……っ⁉」

止めようともがくが、やはり無駄だ。それに、エルウィンの腕にもほとんど力は入っていなかった。

ジェラルドの先走りが潤滑油となり、にちゃにちゃと卑猥《ひわい》な水音が耳に響いた。裏筋同士も擦れ、ジェラルドの脈動が伝わってくる。

「あっ、あっ」

指の動きに合わせて、声が洩れ出る。女のような自分の嬌声《きょうせい》に、エルウィンはさらに羞恥心を煽《あお》られた。

(どうしてこんなことに……)

しかし、その疑問はすぐに頭から消えていった。

久しぶりの手淫なうえ、初めての他人の温もりなのだ。その快楽に抗《あらが》えるはずもなく、やがてエルウィンもへこへこと腰を動かしはじめた。

ジェラルドの雁首《かりくび》が、ゴリゴリとエルウィンの裏筋を抉《えぐ》る。

「はあ……、エルウィン、エルウィン……」

「んっ、ンッ、そこ、もっと……っ」

エルウィンもジェラルドの上に手を重ね、快楽を追い求めるため強く握り込む。

びくん、と一際大きくジェラルドのそこが跳ね、嵩《かさ》を増していく。

「エルウィン」

名前を呼ばれ、熱病に罹《かか》ったような虚《うつ》ろな目でジェラルドを見つめ返すと、ほんの十センチほどの距離に整った顔があった。その唇が、何かを求めるように、動いている。

あっと思ったときには、遅かった。

しっとりとした感触が、エルウィンの唇に押し当てられ、呼吸が奪われた。ほんのりと、酒の匂いがした。

「ン……」

（あ、キスしてる）

自分のことなのに、他人事《ひとごと》のように思ってから、徐々に激しくなっていくジェラルドの侵攻に、随分と遅れてこれがファーストキスであることにエルウィンは気づいた。

初めてのキスの感触。ジェラルドの熱い粘膜ともつれ合い、ひとつになる感覚。

それらを理解し終わった途端に、さらに顔に血が集まってきた。いや、顔だけではなく、下半身にも血が流れ、そこが心臓になってしまったかのように激しく脈打つ。

「あ、ジェラルド……っ」

酸素を求めて口を開くと、まだまだ足りないと言わんばかりにジェラルドの舌がさらに奥へと入ってきて、上顎をぞろりと舐《な》めた。感じたことのない新しい快感に、エルウィンは身体を戦慄《わなな》かせた。

それに合わせて、手の動きもますます激しくなっていく。

「あっ、ンンッ、ふ……っ」

唾液《だえき》が下顎を伝い、布団へと落ちていく。

「う……っ」

ジェラルドがキスをしたまま低く呻いた。ふたり分の熱塊を握る指の力が強くなり、彼の限界がもうすぐだということがわかった。

エルウィンも、下腹に懐かしい感覚が押し迫ってきているのを感じた。

「んっ、ジェラ、ルド……、もう」

――達《い》く。

歯を食いしばる代わりに、シーツを摑んだ。

下腹が引き攣《つ》れ、びゅるるっと勢いよく白濁が迸《ほとばし》る。

ジェラルドも同時に達したようで、びくびくと大きな身体が痙攣《けいれん》した。エルウィンのものよりも大量の白濁が溢《あふ》れ出し、彼の手だけでなく、エルウィンの手も濡らし、受け止め切れなかった粘液は、ぽとぽとと布団へと落下していく。

「はあ……」

唇を離し、満足げにジェラルドが息をついた。

全力疾走をしたあとのように胸を上下させながら、エルウィンはちらりとジェラルドを見た。

先ほどより瞳が正気を取り戻している。エルウィンも吐精したせいか熱が引き、しかしその代わり、より一層激しい羞恥心に苛まれた。

(や、やっちゃった――……)

相棒であるジェラルドと抜き合い、さらにファーストキスまで奪われてしまった。

もしかしたら、ティモスのあの酒に、催淫効果があったのかもしれない。それでジェラルドはよりにもよって男相手に発情してしまったのではないだろうか。

「だ、大丈夫……？」

恐る恐る訊くと、ジェラルドも気まずそうな表情でエルウィンを見つめ返してきた。

「あ、ああ。なんというか、すまない。君にこんなことをさせて……」

身体を起こし、ジェラルドが身を整えはじめた。タオルで精液を拭い、べっとりと汚れていたエルウィンの手も綺麗にしてくれる。

「手を出すつもりはなかったんだ、本当に。許してくれ」

悲痛そうに、ジェラルドが言った。

その言葉に、エルウィンの胸はなぜか変に痛んだ。

「いや、最初にオレが触らなければこんなことにはならなかったんだし、それに別に嫌じゃなかったっていうか……」

「え？」

驚いたように、ジェラルドの目が見開かれる。

――そう、嫌ではなかったのだ。

同じ男であるジェラルドにキスされても、一緒に抜き合いをしても、気持ち悪いとか嫌だとか、一度たりとも思わなかった。

それがどんな意味を示しているのか、エルウィンはもう少しで気づきそうだった。

だが、答えを結びそうになる頭をぶんぶん振り、思考を止めて、笑顔でジェラルドを見上げる。

「ま、まあ、事故みたいなものだし！　忘れようよ！」

「……そう、だな」

タオルを洗ってくる、とジェラルドが部屋を出ていく。

眠気はすっかりなくなってしまい、エルウィンはベッドから立ち上がると、換気のために窓を開けた。

「〝ドライ〟」

杖を取りだし、びしょ濡れになっていたベッドに魔法をかけた。一瞬で、シーツが陽を浴びたようにパリッとした風合いになる。ついでに、先ほど白濁で汚してしまったジェラルドのベッドもクリーニングした。

栗の花のような匂いも消え、何事もなかったかのように、いつもどおりの清潔な部屋に戻った。

そこで、「あっ」とエルウィンは自分の過ちに気づいた。

「助けてって、魔法で解毒してくれってことだったのかも……」

酔いが醒《さ》めていたのなら、魔法でジェラルドの興奮を取り払ってやるほうが、ずっと楽だった。

「あー……」

後悔に、エルウィンは自分のベッドへと倒れ込む。

目を閉じると、ジェラルドの唇の感触がはっきりと思い出されて、再び鼓動が速くなっていく。

指先で唇をなぞりながら、「忘却の魔法があればいいのに」とエルウィンは願わずにいられなかった。

＊＊＊

肌を合わせてから、前にも増してエルウィンが輝いて見えるようになってしまい、ジェラルドは困っていた。

自分はとうとう頭がおかしくなってしまったのだろうか。

エルウィンは何も変わっていないはずなのに、微笑まれると心臓は痛むし、またあの夜のように彼の身体に触れてみたくなる。

翌日、エルウィンは本当に何もなかったかのように、いつもどおりの振る舞いをしていた。ジェラルドが「すまなかった」と言っても、「なんのこと―?」とはぐらかされた。

まあ、彼にとっては思い出したくもないことなのだろう。

それはそうだ。男にキスされて、抜き合いなど、普通ならしたくない。ジェラルドも、エルウィン以外の男とは、大金を積まれても御免だった。

しかし、ではエルウィンだとむしろ「もっと」と思ってしまうのは、どうしてだろう。

忘れた素振りをするエルウィンにショックを受けたのは、なぜなのだろう。

誰かに訊けばこの疑問は解決するのだろうか。そうは思っても、エルウィンと自分とのあいだに起こった出来事を、他人に話すのは憚《はばか》られた。

悶々と悩みつつも、ウィンディ・アックスとして依頼を受ける日々は続いた。

もちろん、エルウィンとの関係も何も変わらないままだった。


そしてある日。

ギルドの掲示板前で次の依頼を探しているときのことだ。

「ちょうどいいところに。エルウィン、ジェラルド。ちょっとこっちに来てくれ」

支部長のガレットが声をかけてきた。彼女はふたりを応接室のほうへ招いた。

ソファに腰かけ、差し出された紙を見れば、Bランク向けの依頼書と、地図だった。

とある村の近くに巣を構えてしまったバイウルフの群れの討伐依頼だ。

「今、AランクとBランクともに冒険者が出払っていてね。ギルドの職員を出すわけにもいかないし、申し訳ないが、Sランクの君たちに任せてもいいだろうか。ケイロン領主からの依頼だし、報酬には色をつける」

ちらりとエルウィンを見遣《みや》ると、彼も同じようにジェラルドに視線を向けた。

どうする、と目で訊かれ、ジェラルドは頷いた。

「わかった。やるよ。バイウルフくらいなら、半日で終わるしね」

エルウィンが了承して、依頼書と地図を受け取った。

「感謝する。受付はやっておくから、すぐにでも向かってくれ」

ガレットがふと手を上げる。激励するためか、エルウィンの背中を叩こうとする素振りを見せたので、思わずジェラルドはあいだに入ってしまった。エルウィンの代わりに、バチンと右腕を叩かれた。

傷つける意図はなかったのに、悪者扱いされたような気がしたのか、それに一瞬眉をひそめたガレットだったが、すぐに表情を解き、肩をすくめた。

「さながら姫を守る騎士だな。まあいい。がんばってくれ」

「はい」

頷いて、応接室を出る。

「さて、じゃあさっそく行きますか」

たんっと身長ほどもある杖を床で打ち鳴らし、エルウィンが言った。その杖には、あの夜ジェラルドが贈ったラピスラズリが輝いている。その余った破片でつくったペンダントは、ジェラルドの胸の防具の中にしまってある。

「ああ」

ジェラルドが答えたそのとき、右耳にパチッと妙な音が響いた。

「……？」

不思議に思って耳を確認してみるが、特に何もなさそうだ。静電気か何かだったに違いない、とジェラルドは先に行ってしまったエルウィンを追った。


ケイロン城塞《じょうさい》都市の南門を出て、馬車で数時間（飛行魔法だと数十分ほどだ）のところに、例の村があるという。ケイロンから離れているが、ガレット曰く一応そこもケイロンの領主が統括している土地なのだそうだ。

「こんなインフラもないところに村なんてあるのかなぁ？　クソ田舎じゃん」

地図のバツ印がついている辺りに降り立ち、周囲をきょろきょろと見回しながら、エルウィンがため息をついた。物置のような小さな小屋はいくつかあるが、人が住んでいる気配はない。

「インフラってなんだ？」

久々に知らない言葉を聞いた。

「生活の基盤になる設備とかのことだよ。交通網とか、水道とか、電気とか。まあ、こっちでは魔石があれば水も電気も問題ないいんだろうけど、さすがに舗装された道がないのはあり得ないだろ」

「確かにな」

言われてみれば、おかしい。

狩猟小屋と言われれば納得できるが、村と言われたらにわかには信じがたい。もう少し探せば本格的な村があるのかもしれないが、上空から見てもそれらしい集落はなかった。

「まあ、バイウルフのせいで村人がみんな逃げちゃったのかもしれないし、とっとと依頼を片付けて帰ろうか」

「ああ、そうしよう」

ジェラルドは頷いて息を殺した。エルウィンが気配探知の魔法を使うのに、ジェラルドが邪魔にならないようにするためだ。

しばらくして、エルウィンが「うーん」と渋い顔で首を傾げた。

「何かあったのか？」

「いや、むしろ何もないんだよ。バイウルフどころか、少しはその辺にいるはずの魔物の気配も何も」

「どういうことだ？」

「さあ……」

もう一度、エルウィンが気配を探る。が、やはり何も感じなかったらしい。

「うまく息を潜めてるのかなー……。常に気配を隠してたらオレでもわかんないこともあるし……」

　エルウィンは納得いっていない様子で唸っている。そうなると、あとは地道にこの辺りの森を散策するしかない。

「ひとまずは周辺を調べてみよう。俺たちが飛んでくるのを見られていたのかもしれないし」

「そうだね」

　――そして探索すること二時間。

　一向にバイウルフの手がかりをみつけられないまま、エルウィンの顔がどんどん険しくなっていく。

「まさか、バイウルフの目撃情報なんて嘘《うそ》だったんじゃないの？」

　そう言いたくなる気持ちもわかる。だが、ケイロン領主直々の依頼なのだから、下調べはしてあるはずだろう。

「何かに勘づいて巣を移したのかもしれない。それならそれでいいが、依頼達成にはならないだろうな」

「こんなに苦労してるのに!?」

　討伐依頼の対象が見つからないことはウィンディ・アックス結成から初めてのことだった。いつもは先ほどのようにエルウィンが探知すれば一〇〇パーセント見つかるのだが、今回はあまりにも不可解だった。

「バイウルフどころか、魔物一匹すら見つからないんだもんなぁ」

まるで森全体が何かに怯《おび》えるかのように、しんと静まり返っていたのだ。魔物だけでなく、鳥や獣たちの気配もない。

「もう少し範囲を広げてみるか？　あっちに谷があったから、そこも調べてみよう」

「うん……」

渋々、といったふうにエルウィンが項垂れてジェラルドについてくる。

谷に近づくにつれ、木々や植物が少なくなっていく。

「見えた。あそこだ」

ゴツゴツとした岩で固められた谷を見つけ、ジェラルドは走って崖《がけ》の縁に向かった。ここを下りれば、谷だ。下には川も何もなく、やはり魔物は一匹もいなかった。

「こっちにもいないか……」

落胆し、ジェラルドは踵《きびす》を返す。

しかし、そのときだった。

「ジェラルド……ッ、上!!」

悲痛な声で、エルウィンが叫んだ。

「え……？」

言われたとおり振り返って上を見ようとした瞬間、轟音《ごうおん》が聞こえた。

目の前には、二十メートルはありそうな、赤い鱗《うろこ》を纏《まと》った翼竜《よくりゅう》がいた。

驚きすぎて、声も出なかった。ケイロンの城壁にいる警備用のドラゴンとは比べものにならない大きさだ。アックスを構える暇もなく、翼竜の羽ばたきに身体が浮かぶ。

「ジェラルド!!」

杖を構えて、エルウィンが大声で言った。

「飛んで、死角に回って超級を叩き込んで！」

自分と同じように驚いているはずなのに、エルウィンの指示は的確だった。

はっとして、ジェラルドは飛行魔法で谷底に叩き落される前に浮き上がった。そして、思いっきり炎の超級魔法を翼竜に目がけて放つ。

「〝インフェルノ〟!!」

ごうっと燃え盛った真っ赤な炎が、翼竜の背中に飛んでいく。

だが、ジェラルドはすぐに違和感に気づいた。

(どうして赤い炎なんだ？)

――炎はね、温度が高くなると、青くなるんだよ。だから、一見弱そうに見えても、赤よりも青のほうが威力が高いんだ。単純に、効果範囲を広くすることだけが級の違いだとこの世界では思われてるけど、温度を上げるほうがよっぽど効率がいいし、攻撃しやすい。

覚えておいて。炎魔法は、範囲じゃなくて、温度だ。

エルウィンに魔法を教わったときに、初めて知った。炎には赤以外の色があることを。

だから、ジェラルドは範囲を広げるのではなく、温度を高くすることに注力した。赤い炎がやがて青になり、超級魔法になったとき、改めてエルウィンの偉大さを思い知ったのだ。

(それなのに、どうして青い炎が出せないんだ?)

確かに超級を打ったはずだったのに。感覚は、間違っていなかったはずなのに。

「ジェラルド!」

先ほどよりも掠《かす》れたエルウィンの声が、微《かす》かに耳に届いた。

「魔法が……」

——まともに使えない。

それをエルウィンに伝えるため、ジェラルドは叫ぼうとした。

だが、何かがひしゃげるような音がして、突然目の前が真っ暗になった。


そこからの記憶は、ない。

＊＊＊

血だまりは、もっとどす黒いものだと思っていた。

しかし目の前に広がっていくのは驚くほど真っ赤な鮮血で、エルウィンは思わず「冗談だろ」と呟いてしまった。

「なあ、おい」とジェラルドに話しかけても、返ってくるのはゴム風船から洩れる空気のような音だけだ。

──ああ、コイツはもうダメだ。

冷静な声が頭に響く。

それはそうだ。見ればわかる。身体はざっくりと切り裂かれ、傷口からは内臓がはみ出てしまっている。助かると思うほうがどうかしている。

「──ッ、……」

目を見開いたまま仰向けに倒れたジェラルドの唇が、はくはくと何か囁《ささや》いた。だが、二十メートル以上も離れていては聴き取れるはずもない。

ジェラルドに近づこうにも、近づけないのには理由があった。彼を瀕死《ひんし》に追い込んだ赤い翼竜がまだ生きているからだ。

「ああ、ちくしょう！」

悪態をつきながら、エルウィンは身長ほど長さのある杖をがむしゃらに振る。そうすることで、少しでも大気中に漂っている魔力の源のマナを取り入れようとしたのだ。

そして、翼竜がエルウィンのほうを向いたとき、後先考えずに最大限の魔力を込める。力を出し渋っていては勝てない相手だと、直感が告げていた。

――この世には触れてはならん強大な力を持つ魔物がたくさんおる。

今さら、シルフィの言葉を思い出す。

「ああ、そうだ、じいちゃん。じいちゃんの言うことは正しかった」

――やつらと遭遇したら、腕利きの魔法使いでも無傷では済まんのじゃ。いくら才能があろうと実戦経験もないお前が相対したとて、下手をしたら死ぬかもしれん。

「でもな、オレだってこの一年がんばってきたんだよ。ううん、一年じゃない。生まれてから今日まで、ジェラルドが認めてくれたように、魔法の腕だって磨いてきたんだ。だから、引き下がれない」

視界の端に映ったジェラルドが、小さく痙攣している。死戦期呼吸だろう。もう幾何《いくばく》もたない。

瞳が、心臓が、燃えるように熱くなる。

「こいつはオレが、絶対に倒す！」

するると、天辺についたラピスラズリから鋭い風が放たれ、その風は見る見るうちに雷を纏い、獣の形になったかと思えば、耳をつんざくような咆哮《ほうこう》をあげた。

閃光《せんこう》が辺りを包む。

それから、パキンッと、何かが弾《はじ》ける音がした。

――そして。

一瞬の無音の後、鼓膜が破れそうなほどの爆音とともに、青い液体が空から降り注いできた。

目の前に浮かんでいたはずの翼竜は、真っ二つになって地面に転がっていた。青いのは翼竜の血液だったらしい。

しかし、引き裂かれた端の細胞が蠢《うごめ》いて、再生しようとしているのが見て取れた。エルウィンはそれをもう一度、今度は炎で焼き払おうとして、杖のラピスラズリが割れていることに気づいた。先ほどの破裂音はこれだったのだ。エルウィンの全力の魔法に、この大きさの宝石でもついてこられなかったのだろう。

仕方なく、杖を放り投げ、指先から魔法を放つ。魔力はもうほとんど底をついていた。だが、力ない翼竜を燃やすだけの力は残っていたようだ。

青い炎が翼竜を焼き、やがて灰になっていった。

本来ならば、エルウィンの実力は翼竜を倒すには至っていなかった。のちに知ることになるが、この翼竜はどんな魔法使いでも倒せないとされていた、伝説級の翼竜だったのだ。

そんな強大な翼竜を奇跡的に倒したにもかかわらず、喜びも感動もない。

全身が鉛になったように重い。しかし、エルウィンは足を踏ん張って、倒れているジェラルドの傍まで辿り着く。

「ああ、ああ……っ」

三分の一以上の血液が流れだしていた。開きっぱなしの瞳にはもう力がなく、腹から零《こぼ》れ出た内臓には土埃《つちぼこり》がついてしまっている。

ただ、唯一、心臓が潰されていないのだけが救いだった。エルウィンとお揃いでつくっていたラピスラズリのペンダントが、心臓へのダメージを防いだらしい。わずかだが、防御魔法の痕跡《こんせき》があった。

「すぐに治してやるからな」

震える声で呟いて、エルウィンはジェラルドに手を伸ばす。

彼の身体に魔力を流し込んで細胞の再生を促すものの、細胞自体が死にかけていて、まったく回復しようとしなかった。

(どうしよう、どうしよう……っ、このままじゃ、ジェラルドが死んじゃう……)

走馬灯のように、出会ってから今までの、ジェラルドのいろいろな顔が頭の中を駆け抜けていく。

愛《いと》しさと哀しみが、溢れ出る。

こんなときになってようやく、エルウィンは気づいた。

――ジェラルドのことを相棒以上に思っていることに。

(なんだ、そうだったんだ……。オレ、ジェラルドのこと、とっくに愛しちゃってたんだな……)

気持ちを認めたそのときだ。

ふとマグナスに伝わる古代魔法の書を思い出した。

古代魔法など古臭いものを研究しても時間の無駄だと、ほかのエルフたちには言われていたが、現在では使われなくなったエルフの古代魔法の中に、禁術とされるものをエルウィンは見つけ出していた。

その魔法は代償が大きく、実践しようにもできなかったものだった。

だが、その魔法ならあるいは、ジェラルドを助けられるかもしれない。

溢れそうになっていた涙をぐいっと拭い、顔を上げる。

「ジェラルド、オレが絶対に助けてやるから、だからもう少しだけ、踏ん張ってくれ」

エルウィンはそう言って目を閉じ、祈るように両手を組んだ。

――〝反魂の織り糸〟。

古代魔法の中のひとつで、瀕死の仲間を復活させる術の呼び名だ。

完全に魂を失った者には使えない禁術だが、身体から魂が抜けきっていないか、まだ身体の近くに魂がある者ならば、どんな状態でも完全に回復させられるという。

ただし、この術は、生涯で一度きりしか使えない。しかも、かなりの高位な魔法使いにしか。

なぜならば、この術を使うためには、術者のマナコアを原料にしなければならないからだ。

マナコアは、魔法使いの心臓のようなものだ。それがなくなれば、もう二度と魔法は使えなくなってしまう。

だから、本当に使える魔法なのかどうか、確かめたくても確かめようがなかった。

書によれば、その術は長いマグナスのエルフの歴史の中で、ひとりしか使ったことがないそうだ。八百年以上生きているシルフィさえも見たことがないという。

しかし、ジェラルドを助けるには、もうこの方法しか残されていない。

迷っている暇はなかった。

……いや、エルウィンは迷いすらしなかった。

元々、魔法なんて使えない世界で生きてきた、ただの人間だったのだ。元の自分に戻るだけだ、と。

「オレはどうなってもいい。もう二度と魔法が使えなくなってもいい。だからどうか、神様。ジェラルドを助けてください」

胸の奥にあるマナコアが熱を帯びる。それをするすると解くように、エルウィンはマナコアを細く縒《よ》っていく。

やがて一本の長い金色の糸が出来上がり、その糸で傷ついて失われたジェラルドの身体を編み上げていく。

時間との勝負だ。最速で、丁寧に。極度の緊張感の中、しかしエルウィンの集中力は過去一番に極まっていた。

そしてジェラルドの身体は見る見るうちに再生されていき、それに伴い、彼の顔色もよくなっていく。

開きっぱなしだった瞼が、反射で閉じた。その前に一瞬、微笑んだような気がするが、筋肉が引き攣れただけのような気もする。

呼吸も穏やかになり、糸で繋がったエルウィンに、力強い鼓動が伝わってきた。

最後のひと編みを終え、糸を切る。すると、金色の糸は、その輝きを止め、ジェラルドの身体へとすっと馴染《なじ》んでいった。

出血も、もうない。元どおりの、逞しいジェラルドの身体がそこにあった。

「終わった……んだよな？」

はあ、と大きな息をつき、エルウィンは崩れ落ちるようにジェラルドの上へと倒れ込んだ。彼の胸にぴったりとくっついた耳から、とくとくと心臓の音が聞こえてくる。

――生きてる。

それをようやく実感し、エルウィンはそのままの姿勢でしばらく泣き続けた。

＊＊＊

気がつくと、ベッドの上だった。

目が覚めてしばらく、ぼうっと見慣れぬ天井を眺めていたら、ドアが開いてエルウィンが入ってきた。ジェラルドが起きているのを見て、エルウィンは持っていた水差しを落として走り寄ってくる。

「痛いところはない!?」

ものすごい剣幕で訊かれ、ジェラルドは首を傾げた。

「いや、まったく。どうしてそんなことを訊くんだ？」

質問したあとで、疑問が頭を埋め尽くす。

(俺は何をしていた？　どうしてベッドに寝ているんだ？　というか、ここはどこだ？　そもそも、今は朝じゃないのか……？)

窓から差し込む光は、オレンジ色だ。もうすぐ夜が来る。自分はどうしてこんな時間に知らない部屋のベッドにいるのだ。それに、よく見るとエルウィンの目元が真っ赤になっていた。

「何かあったのか？」

エルウィンが泣いていたのかもしれないと思うと胸がぎゅっと痛み、ジェラルドは咄嗟《とっさ》に彼の頬に手を伸ばした。その手を摑んで、エルウィンがほっとしたように微笑んだ。

「覚えてないの？　赤い翼竜に吹き飛ばされて、ジェラルドは意識を失ったんだ」

「翼竜……？」

思い出そうとすると、頭がずきりと痛んだ。しかし、すぐに記憶が蘇《よみがえ》り、身体に緊張が走る。

「そうだ、あいつはどうなった⁉　エルウィンは怪我は……」

「オレは大丈夫だよ。あのあとすぐに一瞬でオレがやっつけちゃったから。でも、魔力を全部使っちゃって、帰るに帰れなくて、近くの狩猟小屋で休ませてもらってたんだ」

あの巨大な竜をひとりで倒したというのか。

しかし、彼が嘘をつく必要はない。きっと本当に倒してしまったのだろう。エルウィンならば、あり得ることだ。ジェラルドは納得し、尊敬の眼差《まなざ》しを向けた。

「さすがエルウィンだな。ここは、途中で見かけたあの小屋か」

「うん。ほんとに心配したんだから。目を覚まさなかったらどうしようって」

ほっと息をついて、エルウィンが壊れた水差しを片付けはじめた。その背中に、何か妙な引っかかりを覚えたが、それがなんなのか、ジェラルドにはわからなかった。

エルウィンが小屋に備え付けられていた魔石で水を出し、コップにそれを注《つ》いで、ジェラルドのところに持ってくる。

「落ち着いたら、ケイロンに戻ろう。オレはくたくただから、ジェラルドが抱えていってくれると嬉しいんだけど、ダメ？」

甘えるような上目遣いに、ジェラルドは頷くほかなかった。

「もちろんだ。……しかし珍しいな、エルウィンがそんなふうに俺を頼るなんて」

「まあいいじゃん。オレは翼竜を倒した功労者なんだから、ちょっとくらい労《ねぎら》ってよ」

「わかったわかった」

頼られるのは、嫌いではない。むしろ、エルウィンの頼みごとなら、なんでも叶《かな》えてやりたいと思う。

ベッドを下り、身体を伸ばす。翼竜に吹き飛ばされて意識を失っていたにしては、やたらと身体が軽い。それに、全身チェックしてみると、かすり傷ひとつないどころか、昔つけた傷痕《きずあと》までもが、きれいさっぱり治っていた。

「……回復魔法をかけてくれたのか？」

ジェラルドの問いに、エルウィンは肩をすくめて「まあね」と答えた。

「ちょっとやってみたかった新しい魔法をね、試しに使ってみたら、古い傷も治っちゃって。ダメだった？」

「まさか！　感謝する」

さすがはエルウィンだ、とジェラルドはまた感嘆した。翼竜を倒しただけでなく、また新しい魔法を開発してしまうとは。

「ねえ、早く帰ろう。お腹すいたよ、ジェラルド」

「ああ、そうだな」

エルウィンに急《せ》かされ、ジェラルドは壁に立てかけていたアックスを手に取った。

「……？」

そのとき、頑丈なダマスカス鋼でつくられている自慢のアックスに、少しだけ傷がついているのに気がついた。

(そういえば、防具もない)

はっとして胸に手をやると、エルウィンとお揃いのラピスラズリのペンダントもなくなっている。

「エルウィン、俺の防具と、ペンダントは……」

「防具は吹き飛ばされたときに壊れたから、重いし置いてきた。ペンダントは……、見つからなかったから、諦《あきら》めて」

「そんな……っ」

そういうエルウィンの杖にも、よく見たらラピスラズリがなくなっていた。

「エルウィン、杖のラピスラズリは」

ジェラルドは訊く。しかしエルウィンは「あー」と気まずそうに目を泳がせてから、あっさりとした口調で、言った。

「あれね、翼竜に魔法を打ち込んだときに、耐えきれなくて壊れちゃったみたい。割れちゃったし、もう使えないから、捨てた」

（捨てた？　俺があげたものなのに？）

信じられず、エルウィンを凝視する。だが、彼はこれ以上の会話を拒むように、ふいっとジェラルドから視線を逸らした。

「……それだけの戦いだったんだな。気を失っていた自分が情けない」

己を納得させるため、ジェラルドはそう言って深呼吸をした。

（そうだ。ここで怒るのは筋違いだ。エルウィンは偉大なことを成し遂げたんだ。何もせずにただ足を引っ張った俺に文句を言う資格はない）

そうはいっても、エルウィンとの大切な思い出の品だと思っていたのは自分だけだったのかと、未だ心の奥底で、泣きたい気持ちが転がっている。

「ごめん」

エルウィンがか細い声で謝罪した。

「いや、エルウィンが無事でよかった。助けてくれてありがとう」

帰ろう、とジェラルドはエルウィンに手を伸ばした。おずおずと、その手を取った彼を横抱きにして、小屋から出る。そしてそのまま、ケイロンを目指して飛び立った。


結論から言うと、赤い翼竜を倒した報酬は、手に入らなかった。

エルウィンがすべて燃やしてしまったため、証拠がなかったのだ。

そもそも、翼竜の目撃情報はウィンディ・アックスのふたり以外になく、バイウルフの討伐も未達成ということで、結成から初めて依頼を失敗するという実績をつくってしまった。

「牙だけでも残しておけばよかったね。素材としても優秀だっただろうし」

あれだけ酷い目に遭ったのに、一カロンも入らなかった。しかし、いつもならぶーぶーと文句を言いそうなエルウィンが、やけにおとなしい。

「だが、エルウィンが翼竜を倒せる力量があるということは証明された。もし次に翼竜の討伐依頼があったら、そこで改めて皆に証明すればいい」

きっと落ち込んでいるのを誤魔化しているのだと思い、ジェラルドは元気づけるためにそう言った。しかし、エルウィンの表情はどこかいつもと違うままだった。

その違和感は、その次の日も、またその次の日も続いた。

「今回の依頼はジェラルドひとりで行ってきてよ。オレ、今日はちょっと眠いから動きたくない」

誰よりも率先して依頼を受けたがっていたエルウィンが、翼竜討伐から帰ってきて以降、ずっとこんな調子なのだ。

ギルドに行こうとする気配さえもなく、不審に思ったジェラルドがどこか具合が悪いのかと訊いても、「そういうんじゃないけどぉ」とやる気のない返事ばかりが返されて、話し合いにすらならない。

仕方なく、ひとりで魔物の討伐や要人の護衛任務に当たり、依頼をこなしていくこと一ヶ月。

「そろそろやる気は回復したか？」

ジェラルドが依頼を終えて宿屋に帰ると、エルウィンはどこかから買ってきた酒をひとりで呑んで、でろでろに酔っ払っていた。本来は真っ白な肌が、赤みを帯びて桃のようになっている。

ジェラルドの帰宅に気づき、エルウィンはとろんとした目でジェラルドを見上げて、言う。

「あー、おかえりぃ。どうだった？　今日の仕事は。いくらになった？」

でへへ、と品のない顔で笑って訊くエルウィンだが、その美貌は相変わらずで、どんなに醜態を晒していても、可愛らしい。

「ルナフラワーの採集だけだったから、十万カロンだ」

そう答えたジェラルドに、「えー、少ない」とエルウィンが不満を露《あら》わにした。

「ジェラルドの実力なら、もっと高い報酬の依頼受けられただろー？　なんでそんなみみっちいの受けてきたんだよ」

「……だが、薬をつくるのに必要な素材だ。緊急で必要な人がいたから、確実に採ってこられる俺に依頼が来たんだ」

「ふーん」

質問した割にさして興味もない様子で生返事を返され、さすがにジェラルドもムッとした。

エルウィンの態度は、ここ数日、特にひどい。

はじめの一週間は、翼竜を倒した成果を認められずがっかりしてやる気がなくなってしまったのかもしれないと思って、そっとしておいた。

次の一週間は、なんとかやる気を取り戻してもらおうと、依頼ではなくジェラルドの特訓をするために、外に連れ出した。だが、エルウィンは魔法の見本を見せようとすらせず、適当に指示だけを出して、あとはぼうっと空を眺めていた。

その次の一週間は、何かに吹っ切れたように豪遊しはじめた。昼間からティモスのところへ行き、酒を呑み、ガラの悪い連中と賭《か》け事に勤《いそ》しんでいた。さすがにジェラルドも注意をし、ティモスにもしばらくの出禁を言い渡されてしまった。

そして、今週。

また宿屋に籠もり、ジェラルドが依頼を受けているあいだ、ダラダラと自堕落に過ごしているかと思えば、酒を買い込んで連夜浴びるほど呑んでは気絶するようにソファで眠る日が続いていた。

「いい加減、酒を呑むのをやめたらどうだ。これ以上呑んだら、明日に差し障りがあるだろう」

酒瓶を取り上げようとして、しかしエルウィンが駄々っ子のように唸って止める。

「明日も寝てるだけだから別にいいの！」

「は？　明日も仕事をしないつもりか」

一体、どうしてしまったのだろう。

ジェラルドが尊敬していたエルウィンは、こんなエルフではなかったはずなのに。

たとえ自分に大した得がなくとも、困っている人を助けるためなら労を厭《いと》わない。ジェラルドのそんな想いに共感し、一緒に歩んできた大事な相棒だったはずなのに。

今のエルウィンときたら、どうだ。

何もしないでいるくせに、報酬に文句を言い、困っている人には興味を示そうともしない。

——一体目の前にいる彼は、誰なのだろう。

「……何があったか知らないが、これからもこんなふうに不真面目に生きるというのなら、俺はもうついていけない」

激しい胸の痛みに、泣きたくなる。震える声で、だがきっぱりと、ジェラルドはそう口にした。

厳しいことを言えば、エルウィンが変わってくれると信じて。

——しかし。

エルウィンから返ってきた言葉は、ジェラルドが予想していたような希望あるものではなかった。

「……わかった。じゃあ、ウィンディ・アックスは今日で解散ってことで」

酔っているはずなのに、妙にはっきりとした口調で、エルウィンが答えた。

「ギルドの人には話しておくから、そっちで勝手に手続きしてよ」

「解散って、俺はそこまでは……」

ただ、エルウィンが改心してくれることを望んだだけだったのに。

慌てて取り消そうとしたものの、エルウィンはふるふると首を横に振って。拗《す》ねるどころかとびきりの笑顔で、言ったのだ。

「ううん。おかげで決心がついた。迷ってたけど、オレはもう冒険者を辞めるよ。それで、そろそろマグナスの森へ帰ろうと思う」

エルウィンが何を言っているのか、ジェラルドの脳は理解しようとしなかった。意味がわからず、ぽかんとした表情で訊き返す。

「え……？」

「実はさ、飽きたんだよね、冒険者。ここ一ヶ月、やる気も出ないし、ジェラルドは口うるさいしさ。だから、もういいかなーって」

そう言って、ぴょんと立ち上がると、エルウィンは自分の荷物をまとめだす。

「おい、エルウィン」

止めようとして、ジェラルドは彼の肩に手を置いた。

だが、ぱしん、と叩き払われ、落雷魔法を受けたのかと思うほどの衝撃が、ジェラルドを襲った。

言葉を紡ごうとしても、混乱した頭では何も切り出せず、黙々とトランクに服を詰めるエルウィンをただ見守ることしかできなかった。

「じゃあね、今までありがと。ジェラルドならきっともっといい相棒を見つけられるし、もっと成長できると思うよ。がんばってね」

ひらひらと手を振って、エルウィンが部屋を出ていく。

「あ……」

まさかこうもあっさり去ってしまうとは思っておらず、ジェラルドは呆気《あっけ》にとられた。

「エルウィン」

言葉の意味に理解が追いついて、慌ててジェラルドも部屋を飛び出す。

だが、エルウィンの姿はもうどこにもなかった。

＊＊＊

「さて、どうしようかなぁ」

だんだんと灯《あか》りも消えていき、暗くなった夜の裏道を歩きながら、エルウィンはひとり呟いた。

とうとう、ウィンディ・アックスを解散してしまった。

だが、これでいいとエルウィンは思っている。この一ヶ月、ずっと考えていたのだ。どうするのがふたりにとっての最善かを。

エルウィンが魔法が使えないことを知ったら、きっとジェラルドは原因を聞きたがるだろう。そしてもし自分が原因だと知ってしまったら、気に病むに違いなかった。

魔法の使えない自分は、ジェラルドの足手まといになってしまう。かといって、解散するには相応の理由がいる。何も言わずに解散は、きっとジェラルドが了承してくれない。

だから、クズ男を演じてみたのだ。後腐れなく、ジェラルドが自らパーティーを解散しようと切り出してくれるには、彼がエルウィンを振り切って前に進めるようにするためには、これが一番いいのだとエルウィンは考えた。

一ヶ月もかかってしまったのは、エルウィンの中にまだ少しだけ迷いがあったからだ。

エルウィンはジェラルドを愛している。

愛しているからこそ、彼を解放してあげたいと思う一方で、離れたくないと子どものような我儘《わがまま》を言う自分がいた。

日に日に苛立《いらだ》ちを募らせていくジェラルドには、心が痛んだ。好きな人に嫌われるのがこれほどつらいことだと思っていなかった。

「でも、後悔はしない」

エルウィンのおかげで、ジェラルドは生きた。生きて、これからもたくさんの人を助けるのだろう。金や魔法の研究のために冒険者をやっていた自分とは大違いだ。

そしてきっと、新しいパートナーを見つけたり、結婚したりするのだろう。表情の和らいだジェラルドは、本当はものすごくモテるのだ。身近にいたエルウィンがそのことを一番知っている。

自分以外の誰かが、ジェラルドの隣に立っているのを想像して、エルウィンは胸の痛みに足を止めた。ぽたぽたと、涙が溢れて地面を濡らす。

「後悔しないって、言ったばっかりじゃん」

そう言って笑うものの、涙が止まる気配はない。

「あー、もう。オレって最後までダメダメなヤツ」

ゴシゴシと袖で目元を拭う。鼻水まで垂れてきた。絶世の美少女（男だが）と言われた自分がこんな情けない顔をしているなんて、お笑い以外の何ものでもない。

あはは、と声に出して笑い飛ばそうとして、しかし、だんだんと声が震え、笑いはやがて号泣になっていく。押し殺そうとしても、口を押える手の隙間《すきま》から、みっともなくしゃくりあげる声が洩れだした。

そしてつい、零してしまう。

「……やだよ。ジェラルドと離れたくなんかない。ずっと一緒にいたかった……っ」

言葉にしてしまうと、これが本音だったのだと、嫌でも認めざるを得なかった。

「うー……」

獣のように呻いて、エルウィンはその場にしゃがみ込む。

「ジェラルドはオレの相棒だ……っ、誰にも渡したくなんかないっ」

そう、叫んだときだった。

すぐ後ろで砂利を踏む音が聞こえてはっとする。慌てて涙を拭って振り返ると、そこには試験官のマーシャが立っていた。

「エルウィン……？　こんなところでどうしたんですか？」

「なんだ、マーシャか。ううん、なんでもない。酔っ払ってるだけ」

少しだけ、ジェラルドじゃないかと期待した自分を恥じ、エルウィンは立ち上がった。

「最近ギルドに顔を出してませんけど、やけ酒するほどのことでもあったんですか？」

「あー……」

どうしようか、とエルウィンは少し悩んで、自分の金色のギルドカードをマーシャに手渡した。

「オレ、冒険者を辞めることになってさ。悪いけど、手続きしといてくれない？　ウィンディ・アックスも解散ってことで」

「辞める⁉　どうして」

慌てた様子でマーシャがエルウィンの腕を掴んだ。

「ちょっとマグナスの森に帰らないといけない事情ができてさ。まあ、気が向いたらまた戻ってくるかもしれないし。そんなに深刻にならないでよ」

「でも、Sランクの冒険者ですよ？　一度辞めたらまた一からランク上げしなきゃいけないし、めんどくさいんですからね？」

「どちらにせよ、一年間何も実績がなかったら冒険者資格は剝奪《はくだつ》だろ？　一年では戻ってこれそうもないし」

「でも……」

まだ何か言いたげなマーシャの唇に人差し指を押し当て、エルウィンはニッと微笑んだ。

「ジェラルドのこと、頼んだ。あいつ、抜けてるところがあるから、ギルドのほうでしっかり面倒見てやってくれよな」

何を言っても無駄だとわかったのか、マーシャはゆっくりと頷いた。

「じゃあ、いつかまた」

「もうケイロンを出ていっちゃうんですか？」

「もう暗いから、明日の朝にね」

「わかりました。いつでもケイロンに帰ってきてくださいね」

「うん。ありがと」

手を振って、エルウィンは歩きだす。

「はー……」

魔法はもう使えないから、マグナスの森に帰るには、馬車か徒歩しかない。ケイロンに来るときは、レベル上げをしながらだったものの一週間近くかかったから、自分の足でとなると、二週間は見ておかなければならない。

明日からの行軍にため息をつきつつも、身体を休めるための宿を探す。

「よーし、がんばれ、オレ」

声に出して激励しても、心は冷え切ったまま、再び温まることはなかった。

＊＊＊

エルウィンが出ていってから、一週間が経った。

彼に解散を告げられた翌日、ジェラルドは朝早くからギルドに顔を出し、エルウィンを張ろうとした。だが、すでに職員のマーシャに解散の旨が伝えられており、エルウィンは旅立ってしまったのだという。

もちろん、すぐに追いかけた。マグナスの森方面に向かったというのなら、全力で飛べばまだ追いつける。

そう思ったのに、上空にエルウィンの姿はどこにもなかった。彼ならもうこの辺まで来ているだろうと目星をつけて地上を探してみても見つけられず、ジェラルドは困り果ててケイロンに戻ったのだ。

見つかるまでエルウィンを捜索したかったものの、ジェラルドへの依頼が溜《た》まっていた。仕事を投げ出すわけにもいかず、抱えている依頼をすべて片付けたら、まとまった休みを取って探しにいこうと思っていた。

しかしその前に最悪な出来事が起こってしまうとは、ジェラルドは思ってもいなかった。

――あの、エルウィンに限って。

「大変だ、ジェラルド!! 姫が！」

依頼をひとつ終え、報告を上げているときのことだった。

慌てた様子でカイルがギルドに飛び込んできて、ジェラルドを見つけた途端走り寄ってきた。

「エルウィンが見つかったのか!?」

「見つかったなんてもんじゃない！ 大怪我を負って、今教会に運ばれた！」

「は？」

(エルウィンが、怪我？)

翼竜を倒したときもかすり傷ひとつなかった彼が怪我をするなど思えない。

「いいから、ちょっと来い！」

腕を摑まれ、引きずられるように教会へと向かう。

その道中に、カイルが事情を説明してくれたが、にわかに信じがたいものだった。

マグナスの森にはまだまだ遠い、ケイロンの東の街道で盗賊に襲われたのだという。たまたま近くに冒険者がいて命は助かったらしいが、未だ意識が戻らず、回復魔法専門の神父がいる教会で治療を受けているらしい。

「そんな、エルウィンが盗賊ごときに？」

強大な魔物ならいざ知らず、賊相手に負けるはずがない。それとも賊の中にエルウィン以上の魔法の使い手がいたとでもいうのだろうか。

「それが……、抵抗したような形跡はなかったと助けた連中が言ってたんだ。魔法が使われた痕跡もないと」

「はあ？」

エルウィンは常に周囲の気配を探る魔法を展開していたはずだ。悪意ある賊が近づこうものなら即座に防御魔法で身を固められる。不意打ちはあり得ない。

「どういうことなんだ」

ギルド支部から走って五分のところにある教会に辿り着き、顔見知りのシスターにすぐに治療室に案内してもらう。

「エルウィン！」

扉を開け中に入ると、カイルの言ったとおり、ボロボロになったエルウィンがベッドの上で眠っていた。

顔には大きな傷ができ、長い左耳は半分切り取られている。身体のあちこちにも包帯が巻かれ、白い布はじわじわと赤い血が滲んできていた。

ジェラルドはエルウィンの傍らに近寄り、傷のないほうの頬に手を遣った。その頬は冷たく、呼吸もわずかだ。

「回復魔法が追いつきません」

傍で祈るように魔法を使っていた神父のジェレミーが言った。彼の額にはうっすらと汗が滲んでいて、必死に治療してくれているのがわかった。

ジェレミーは、以前、孤児院の子どもたちのためにグミキノコを採ってきてほしいと依頼してきたことがあった。ジェラルドとエルウィンは、孤児院の頼みなら、とほかにもたくさんの素材を採ってきて、報酬ももらわず、無償で寄付することにした。それ以来、ウィンディ・アックスは孤児院に定期的に顔を出すようになった。

ジェレミーはエルウィンに劣らず魔法好きで、顔を合わせるたびにエルウィンに魔法の講義をせがんでいた。ただ、直感型のエルウィンの指導は、ジェレミーには理解できず苦労していそうだったが。

「……それに、おかしいんです」

ジェレミーが泣きそうな声で言った。

「何がおかしいんだ？」

「エルウィンさん、……――マナコアがないんです」

「えっ？」

マナコアがないとはどういうことだ。ジェラルドは顔をしかめ、ジェレミーを睨んだ。

「だから、魔法使いの心臓ともいえるマナコアが、消滅してしまってるんです……！　これじゃ、僕の回復魔法で身体は回復させることができたとしても、二度と魔法は使えません」

「どうしてそんなことに……」

疑問を口にして、しかしそのときジェラルドは何か引っかかりを覚えて思案した。

そして、はっとする。

――エルウィンが魔法を使っているのをこの目で見たのは、翼竜に出会ったときが最後だった、と。

「まさか、あのときから……？」

翼竜との戦いのあと、目を覚ましたばかりのジェラルドに、エルウィンは「疲れたから抱えて飛んでくれ」と頼んできた。思えば、あの時点で違和感はあったのだ。

それ以降、エルウィンは途端にやる気をなくしたようにギルドへ顔を出さなくなった。

しかし、それがもし「やる気がなくなった」からではなく、「魔法が使えなくなったから」だったとしたら――？

自分はとんでもない間違いを犯してしまったのではないか。

「ジェラルドさん、あなた、回復魔法はできますか？　確か水魔法も得意でしたよね？」

ジェレミーに訊かれ、ジェラルドはぐっと唇を噛みしめた。

「いや、回復魔法は覚えていない」

エルウィンがいれば使う必要はない、と子どものような駄々をこねたあのときの自分を殺してやりたくなる。

「どけ、俺がやる」

一緒についてきたカイルがジェラルドをエルウィンから引き剥がし、エルウィンの耳に手を当てた。ふわっとやさしい光が灯ったかと思えば、切り取られた耳の断片の皮膚が戻り、出血が止まった。

「神父は少し休憩しろ。魔力が尽きかけてるだろ」

カイルに言われ、ジェレミーが手を離す。その瞬間、ふらっと崩れ落ちるように床へ倒れた。

「神父様！」

シスターたちが慌てて寄ってきて、隣のベッドへとジェレミーを運んだ。あんなふうになるまで、エルウィンのために魔法を使っていてくれたのだ。

何もできない自分が、もどかしい。

「なあ、ジェラルド。何かおかしいと思わないか」

真剣な顔でエルウィンに魔法をかけながら、カイルが言った。

「マグナスの森へ続くルートは、滅多に盗賊は出ない安全な道だ。多数のエルフがケイロンとを行き来するからな。並大抵の人間はエルフには敵わない。襲っても返り討ちに遭うだけだし、エルフは大して金も持っていない。だから、あの街道は盗賊にとってなんの旨《うま》味《み》もないんだ。被害もここ何十年と出ていない。それなのに、どうして今日に限って、しかも姫が襲われたんだ？」

「確かに……」

エルウィンの顔はこのヴァレル共和国で知らない者はいないまでになっている。盗賊をやっているのに下調べをせず、Sランクの冒険者を襲う馬鹿はいないだろう。魔法が使えなくなっていることもまだ誰も知らないはずだ。

それなのに、これではまるでエルウィンが抵抗する手段を持たないことを知っていたかのようだ。

「どうせここにいたってお前は役に立たないんだから、盗賊をとっ捕まえてくるなり、不可解な点があるなら調査したりしてこい」

「だが……」

エルウィンの傍を離れたくない。今にも息絶えてしまいそうな彼を置いて、ここから出ていくことなどできない。

「お前が調べなきゃ、たとえ姫が回復したとしてもまた襲われる可能性があるだろ！　相棒なら回復を信じろよ！　それに、もし本当に姫を狙ったんだとしたら、裏の事情があるに決まってる。早くしないと証拠も消されるかもだろうが！」

怒鳴りつけるようにカイルが言った。

確かにそうだ。エルウィンが狙われたのだとしたら、盗賊の犯行ではなく、裏に真犯人がいる可能性が高い。知人か、それともエルウィンの活躍を妬《ねた》む誰か――。

ジェラルドはもう一度エルウィンの真っ白になった顔を覗《のぞ》き込んだ。

「必ず、君をこんなふうにした犯人を捕まえる。絶対にこの手で、復讐してやる」

そう言って、ジェラルドは教会をあとにした。

ひとまず、エルウィンを襲った盗賊を捕まえることにする。

カイルの情報だと、エルウィンを助けたのは、Ｃランクパーティーのガルシュとシグマだそうだ。カイルの昔馴染みで、ウィンディ・アックスのファンだという。

話を聞けば、盗賊は割り込んできたふたりを見た途端、切り取ったエルウィンの耳を手にすぐに逃げていったのだそうだ。それ以外に盗ったものはないという。持ち帰ってくれたエルウィンの鞄《かばん》を検《あらた》めてみるが、確かに盗られたものはなさそうだった。

そして、その中に、ラピスラズリの破片があるのを見つけて、ジェラルドは喉《のど》の奥が締めつけられるように苦しくなった。

捨てたなんて、嘘だったのだ。

「どうして耳なんて」

よく死体の代わりに魔物の耳を討伐の証拠として持ち帰ることはあるが、エルフや人間の場合、救出されて回復したらすぐに生きていることがばれてしまう。エルウィンの知名度なら、なおさら。

「それなら、逃げてくときに盗賊がちょっと気になることを言ってたんスよね」

ガルシュが思い出したように言った。

「これで、不死が手に入る、とかなんとか……」

「不死？」

眉間にしわを寄せ、ジェラルドが訊き返す。

「あー、あれか。東方にあるどっかの国では、人魚を食べると不老不死になる、なんて迷信があるから、もしかしたら同じように長寿のエルフを食べたら長生きできるとかなんとか考えちゃったとか？」

シグマが言った。

「馬鹿らしい」

ジェラルドはそう吐き捨てた。

「でも、国外のヤツだったとしたら、エルウィンさんがどんだけ強いか知らなかっただろうし、襲ったのも頷けるっていうか」

「オレらからしたら殿上人だもんな。知ってたら襲うなんて無理だよ」

ガルシュとシグマが唸りながら言った。

確かに、賊がつい最近ヴァレルにやって来た外国人だったというのなら説明がつく。しかし、ジェラルドの頭は「おかしい」と未だ違和感を訴え続けている。

話を聞かせてくれた礼を言い、ジェラルドは次にギルドに向かった。エルウィンが出ていった前日の夜、彼に会ったというマーシャに話を聞くためだ。

受付にいなかったので、試験場へ向かうと、ちょうど新人の相手をしているところだった。それに区切りがつくまで待ち、声をかける。

するとマーシャもエルウィンのことを知っていたようで、心配そうな顔をした。

「あの夜、実はエルウィンの様子がおかしかったんです。本人は酒に酔っているだけだと言っていましたが……。エルウィン、目が真っ赤で、もしかしたら泣いてたんじゃないかなって」

「エルウィンが？」

「はい。それに……」

「それに、なんだ？」

「エルウィン、いつも常に探知魔法を使ってたのに、あのときは私がすぐ近くに行くまで気がついていなかったんです。冒険者も辞めるって言いだすし。もしかして、どこか身体が悪いんじゃないかって。実は、ここだけの話、私も最近使えるようになったんですよ、魔力測定魔法。ギルドの上役になるためには必要だから。それで、試しに去っていくエルウィンに使ってみたんです。そしたら……」

ぎゅっと両手を握り、マーシャが続ける。

「全然見えなかったんです。エルウィンから、魔力が」

やっぱりか、とジェラルドはため息をついた。それから、はっとして訊く。

「そのこと、誰かに話したか？」

「え？　ええ。ガレット支部長に……」

「ガレット？」

その名前を口にした途端、ジェラルドは違和感の正体を思い出した。

「あ……」

（――そうだ。あのとき、バイウルフの討伐依頼を持ちかけてきたのは、ガレットだった）

応接室で頼まれ、それを引き受けて、現場に向かったのにバイウルフはどこにもいなかった。

そしてその代わりに、赤い翼竜がいた。そいつに襲われて、ジェラルドは必死に超級魔法を打とうとして、打てなかったのだ。

だが、魔法が思いどおりに打てなかったのはあのときだけだ。その後の依頼では、問題なく使えていたから、そのことをすっかり忘れていた。原因を探ろうともせずに。

「あの日、応接室に呼ばれて、部屋を出ようとしたときに、ガレットがエルウィンの背中を叩こうとして、代わりに俺が右腕を叩かれた」

「えっ？」

突然意味不明なことを言いだしたジェラルドを、マーシャが不思議そうに見つめた。

「それくらいしか思い当たる節はない。もしかしたらあのとき、ガレットが俺に何か特殊な魔法をかけたのか……？」

でも、そうだとしても、エルウィンが魔法を使えなくなった理由にはならない。

だが、直感的に、ジェラルドはガレットを疑った。

彼女はバイウルフではなく、翼竜が現れることを知っていたのではないか。エルウィンが魔法を使えないことを知って、賊に狙わせたのではないか。

それらを知り得るのは、この辺りではガレットしかいない。

（だが、なんのために？）

ガレットがエルウィンを恨む理由などないはずなのに。

「調べてみるか」

マーシャには他言無用でと念を押したところ、彼女もガレットに探りを入れてくれるという。

「もしガレット支部長に裏があるのなら、ギルド職員兼ウィンディ・アックス推しとして許せません。それに、あの人が退いてくれたら、私が昇格するかもしれないし」

マーシャは強《したた》かな笑みを浮かべてそう言って、さっそく例の賊の指名手配書をつくりはじめた。

一方で、疑問もまだまだ残ったままだ。

どうしてエルウィンのマナコアがなくなったのか。それを知るためには、エルウィンほどの魔法の使い手に訊くほかかない。

そしてジェラルドが思いついたのが、エルウィンを育てたという森の賢者、シルフィだった。

ジェラルドはすぐにマグナスの森へと向かうことにした。念のため、ジェレミーとカイルにはエルウィンの護衛を頼んだ。Ａランクのカイルがいるなら安心だったが、カイルはさらに仲間を呼んで教会を固めてくれるそうだ。

最速で飛ぶこと三日。

マグナスの森に着くと、ジェラルドは門番のエルフに事情を話してシルフィとの面会に漕《こ》ぎつけた。

森の奥、大木に囲まれた緑の美しい村が、エルウィンの故郷だった。その村の中央にある神殿めいた建物に招かれ、しばらく待っていると、現れたのはどことなくエルウィンの面影がある、老エルフだった。

「おぬしがエルウィンの相棒だというジェラルド・ディオクレスか」

「はい。訊きたいことがあって、急ぎ参りました」

普段は誰に対しても敬語を使わなかったジェラルドだが、目の前のエルフには自然とこうべが下がった。

「エルウィンが重体だそうじゃな」

はあ、とため息をついて、シルフィが確認した。

「はい。賊に襲われたようで、まだ意識が戻っていません。俺の仲間が今必死に回復魔法を使っていますが、芳しくなく……」

「あやつ、マナコアを使ってしまったようじゃの」

シルフィが呟いたのを聞き、ジェラルドははっと顔を上げた。

「わかるんですか⁉」

「わかるも何も、エルウィンのマナコアが目の前にあるのじゃから、見ればすぐに気づくわい」

「え……？」

驚くジェラルドの腹の辺りを指差し、シルフィは続けた。

「死にかけたおぬしを助けるために、反魂の織り糸を使ったんじゃろ。あれはマナコアを使うからな。伝承にはあったが、よもや実際に使ってみせるとは」

悲しそうに、しかし誇らしげにも見える表情で、シルフィが笑う。

「反魂の、織り糸……？」

「なんじゃ、エルウィンは説明せなんだか？　反魂の織り糸というのは、エルフに伝わる古代魔法じゃよ。瀕死の者を完全に回復させる禁術じゃ。自身のマナコアを使って糸を縒り、それで失われた肉体を織る。高度なうえに相当上質なマナコアがないと無理な御業じゃからの、わしの知る限り、成功した者はおらなんだ」

「もしかして、エルウィンはだから魔法を使えなくなった……？」

「当たり前じゃろ。マナコアは魔法使いの心臓。マナコアがなければ、魔力を溜められない。魔法使いとしてのエルウィンは死んだも同然じゃ」

「そんな」

（……——俺のせいだったのか）

ジェラルドは自身の腹に手を当ててみた。じんわりと、懐かしい温かさと気配がした。あのとき、翼竜に吹き飛ばされたジェラルドは、きっと死にかけたのだろう。それを助けるために、エルウィンはマナコアを引き換えにした。

「マナコアを戻す方法はあるんですか？」

「ない」

きっぱりと、シルフィが言い切った。

絶望と後悔が、ジェラルドを打ち砕こうとした。だが、ここで折れているわけにはいかない。

「あの、伺いたいことがあるんです」

ジェラルドはぐっと顔を上げ、シルフィに今までの疑惑をすべて打ち明けた。

「なるほどの。ガレットか……」

エルウィンから聞いた話によると、ガレットはシルフィと知り合いだったという。亡くなったエルウィンの両親も知っていたらしいが、そこに因縁があったのかどうかはわからない。

「ガレットはこの森のエルフではなく、ケイロンの出じゃったと記憶しておる。人間とのハーフで、魔法にも疎くて、わしがケイロンに滞在しているあいだに少し教えとった。わしとは会っていたが、うちの息子と嫁はどうだったかの……」

うーんとしばらく考えて、シルフィは手を打った。

「ああ！　息子とは一度会わせたことがあったわい。だが、それだけじゃ。息子たちが死んだ当時、もうギルド支部長になっていたから、調査に協力してくれたが……」

ジェラルドは、ごくりと唾を呑んだ。

「もし、その調査に不正があったとしたら？」

エルウィンの両親を殺したという証拠を握り潰していたのだとしたら――。

「……わしも動こう」

そう言って、シルフィは立ち上がった。ジェラルドとともに神殿の外に出ると、エルウィンと同じ桜の木でできた杖を、カンッと床に打ち鳴らす。

その途端、ふわりとジェラルドの身体が宙に浮いた。

「舌を嚙まないように黙っておれよ」

どういう意味だと問うより先に、ふたりの身体はものすごい勢いでケイロン城塞都市へと飛んでいく。

ジェラルドは全速力でマグナスの森まで三日もかかったというのに、シルフィの手にかかればなんと三時間でケイロンへと着いてしまった。

「す、すごいですね……」

ふわりと城門前に着地したところで、ジェラルドはようやく口を開く。

「ほほほっ、エルウィンにこの魔法を教えたのはわしじゃからの。唯一あやつよりも得意なんじゃ。それに、あやつに教わってから毎日マナコアを鍛えておった。わしはまだまだ現役じゃ」

得意げにそう言って、しかしエルウィンがもう魔法を使えないことを思い出したのか、シルフィはふっと目を伏せた。

「さて、教会へ向かおうか」

「はい」

入城手続きを済ませ、シルフィを教会へと案内する。約束どおり、カイルが教会周辺を冒険者たちで固めてくれたおかげで、エルウィンへの再襲撃はないようだった。

ほっと安心して、治療室へと入っていく。

「エルウィン、お祖父《じい》さんを連れてきたぞ」

中では、ジェレミーとカイルがふたりがかりでエルウィンを治療していた。

「エルウィンのお祖父様って、まさか、あの森の賢者の……？」

カイルが驚いた顔でシルフィを凝視した。エルウィンも有名だが、シルフィはもっと有名だ。今は隠居して森に引き籠もっているが、彼こそが冒険者の走りなのだ。

「孫が世話になったの」

ふたりに礼を言ってから、シルフィはエルウィンの痛ましい姿に一瞬顔をしかめ、それから杖の先端についたクリスタルを彼の胸に押し当てた。

その瞬間、眩《まばゆ》い黄緑色の光が部屋を包んだ。そして、温かな光の粒が、すうっとエルウィンへと染み込んでいく。

「顔色が……！」

ジェレミーが声を上げたとおり、エルウィンの顔色が見る見るうちによくなっていった。紙のように白かった頰には血の気が戻り、心なしか表情も和らいだ気がする。

しかし、目を覚ます様子はない。

「わしにできるのはここまでじゃ」

「シルフィ様でも治せないなんて……」

ジェレミーが悔しそうに唇を嚙む。

「身体のほうはそれほど深く傷ついてはいないが、問題は心じゃな。エルウィンから生きようとする気力がまったく感じられんわい。本人がこれじゃあ、いくら治療しようとしても無駄じゃわな」

「もう意識は戻らない、ということですか？」

カイルが訊いた。

「ああ。こんなことになるのならば、やはり森の外へ出すんじゃなかったのう……」

無力感とともに、シルフィが額を押さえてかぶりを振った。

「生きる気力を持たせればいいんですか？」

だが、ジェラルドは諦めなかった。エルウィンの手を握り、じっとシルフィを見つめて、訊く。

「エルウィンが生きたいと望むのなら、目を覚ます可能性があるということですか？」

「あ、ああ。そうじゃな。エルウィン自身が生きたいと願うのならば、あるいは。じゃが、意識もない状態では、如何《いかん》とも……」

生きる気力がないのは、きっと自分のせいだ、とジェラルドは痛む胸を押さえた。

エルウィンから魔法を奪い、挙句の果てにはパーティーの解散まで思い詰めさせてしまったのは、ジェラルドなのだから。

「エルウィンの目が覚めるまで、俺は諦めません」

「何年かかるかわからんぞ。何十年やもしらん。目が覚めたとて、エルウィンはもう魔法も使えない。武芸に秀でておるわけでもない。冒険者としては足手まといじゃ。そこまでしておぬしになんのメリットがある？」

シルフィが冷静に訊いた。だが、ジェラルドはわかっていた。これは覚悟を問うものだ、と。

（俺がそこまでする、理由――……）

眠っているエルウィンの細い指を、ジェラルドはそっと撫でた。

湧き上がってくるのは、愛しさだ。

「……ああ、そうか。俺は、エルウィンを――」

ようやく、気づいた。自分がエルウィンのことばかり考えてしまうのは、誰も彼に近づけたくないと望むのは、ジェラルドが彼を愛しているからだ。

微笑んで、ジェラルドはシルフィに向き直った。

「愛しているひとのためならなんでもしたいと思うのは、当たり前のことだから」

それを聞き、シルフィは複雑な表情をした後、「そうさな」と肩をすくめた。

「当たり前のことじゃな」

ぽんっと、シルフィがジェラルドの肩を叩いた。

「ジェラルド！　いますか⁉」

そのとき、いきなり扉が開き、興奮した様子のマーシャが飛び込んできた。手には書類を抱えている。

「例の件、わかりましたよ！　やっぱりガレット支部長は限りなく黒です！」

「本当か⁉」

マーシャがテーブルに書類を並べ、それを皆で囲んで説明を受けることにする。

彼女の調査によると、ウィンディ・アックスが受けたバイウルフの討伐依頼は、ケイロン領主からのものではなかった。そのような事実はない、と領主本人に直接訊いてきたのだという。

　そして、エルウィンが倒した赤い翼竜の目撃証言が、別のギルドから上がってきていたらしい。本来ならば、支部長であるガレットが冒険者たちに注意喚起を行わないといけないが、その情報を破棄していたのだという。ケイロンギルド支部に翼竜の報せ《しら》が届いた日付は、バイウルフ討伐を依頼された前日だった。ガレットが知らないわけがなく、わざとウィンディ・アックスを危地に向かわせたということになる。

「やっぱり、故意だったのか……」

「そうだと思います。ウィンディ・アックスのランクは、本当ならもっと早い段階で上がっていたはずなんです。でも、ガレット支部長が止めていたっていう職員の証言もあります。これはもう、疑うなというほうが無理ですよ」

　マーシャがカンカンに怒った顔でこぶしを握った。

　ジェレミーとカイルはガレットのことを初めて聞いたため、少し混乱していたが、思い出したように「あっ」と声を上げた。

「そういえば、ジェラルドがここを出てからすぐ、ガレットが見舞いに来たんだ。でも、お前に誰も近づけるなって指示されてたから追い返した。あれでよかったんだな」

　ほっと胸を撫でおろし、カイルが言った。

「ああ。ありがとう。もしここに通してたら何をされていたかわからない」

「この事実を早く告発すべきです」

「そうです！　神はこのようなこと絶対に許しませんよ」

マーシャもジェレミーも、本当にエルウィンを大切に想ってくれていたようだ。

「わしがケリをつける」

黙って話を聞いていたシルフィが、杖を鳴らして立ち上がった。

探知魔法を使えないジェラルドにも、わかる。シルフィの身体に、とんでもない量の魔力が渦巻いている。それに色をつけるなら、赤だ。怒りのオーラが、プレッシャーとともに溢れてきていた。

「大事な孫、エルウィンと、息子のディーン、嫁のフィエルの仇《かたき》じゃとしたら、わしがこの手でガレットを打ち倒す」

「俺も行きます」

ジェラルドが言うと、シルフィは値踏みするように一瞥《いちべつ》した後、頷いた。

「おぬしもSランクじゃったの。よし、ついてこい。足を引っ張るでないぞ」

「もちろん」

それから、マーシャには告発の準備を、ジェレミーとカイルには引き続きエルウィンを頼んで、シルフィとジェラルドはガレットのもとへ向かった。

ケイロンギルド支部の二階が、支部長室だ。そこに、ガレットがいる。

トントン、とノックして、返事もないまま扉を開けると、能面のような顔をしたガレットが待っていた。ジェラルドたちがここに来ることをわかっていたらしい。

「ネズミがこそこそ動いていると思ったら、まさかシルフィまで連れてくるとはねぇ」

ガレットはふっと唇を引き攣らせ、笑った。

「久しぶりじゃの、ガレット。孫が世話になったようで」

柔和な笑みを湛《たた》えているが、シルフィの怒気は変わらず溢れ出ている。

「私は何も知らない――と言いたいところだけど、その様子だともう証拠は揃ってるんだろうね」

「お前さんのところに優秀な職員がいてくれて助かったよ。孫の大ファンじゃそうで」

シルフィが言うと、ガレットは鼻で笑った。そして、ぐっと眉間にしわを寄せ、吐き棄《す》てるように、言った。

「男のくせにあの魔女と同じ顔で人々をたぶらかす。まったく忌々しいエルフだよ、エルウィンは」

その瞬間、ガレットの首元にシルフィの杖が突きつけられた。ジェラルドの目にも捉《とら》えきれない素早さだった。

「その魔女とは、まさかフィエルのことじゃあるまいの？」

「それ以外に誰がいる？　あいつはあの顔でディーンをたぶらかし、私から奪った最低の魔女だ。それに、ディーンもディーンだ。私よりあの魔女を選んだ罪は重い。そのふたりの子どもなら、あの息子も罪人だろう？」

「だからふたりを殺した？　悲しむわしを手伝うふりで、事件の証拠を消したのも、お前か。それだけでは飽き足らず、なんの関係もないエルウィンまで……」

シルフィの声が震えた。

「魔法を教えてくれたことには感謝しているよ、シルフィ。おかげであっさりとふたりを葬ることができたんだから」

「お前というヤツは!!」

怒号とともに、シルフィの杖から魔法が放たれた。エルウィンがよく使う、風の超級魔法だった。支部長室が吹っ飛び、ジェラルドは風圧から身体を守ることしかできない。

「短気になったね、シルフィ」

しかし、ガレットは無傷だった。防御魔法で防いだらしい。いきなりの爆音に、外が騒がしくなる。怪我人も出たようで、悲鳴が上がる。

「そんなふうに全力で魔法を使ったら周りも巻き込むというのに、そんなことさえわからなくなってしまったのか？　耄碌《もうろく》したねぇ」

額の血管が切れそうなほど怒っているシルフィだが、その言葉にぐっと押し黙った。きっと今また魔法を使えば、怒りのまま超級を放ってしまうに違いなかった。そうすれば被害はさらに大きくなる。

代わりに、今度はジェラルドが前に出た。近距離戦ならば周りへの被害はない。

タンッと崩れそうな床を蹴《け》り、一気に逃げようとしていたガレットとの間合いを詰め、アックスで斬《き》りかかった。

「それがどうした」

「無駄だよ。私の防御魔法は堅いんだ」

ジェラルドは、凍えるような冷たい声で言い、そのままアックスを振り下ろす。しかし、バチンッと火花が散り、あっさりと弾かれてしまった。確かに本人が豪語するだけあって、力押しでは壊せそうにない。

「くそ……っ」

「どうした？　手も足も出ないか？　それならばこちらも反撃させてもらう！」

今度はガレットから鋭い風魔法が放たれる。咄嗟に防御したが、頬や腹に少しだけ傷を負ってしまった。

「ぐ……っ」

「所詮《しょせん》お前はエルウィンの腰巾着にすぎないのさ。本当はSランクの実力もないハーフドワーフのくせに。私に敵うわけがない！」

「この……っ！」

なんとしてでも、ガレットに一撃を喰《く》らわせたい。エルウィンが受けた以上の苦しみを、彼女にも味わわせてやりたい。

ジェラルドのオーラが、さらに怒りに赤く燃える。

だが、そのときだった。エルウィンのマナコアが織り込んである腹が、ほんのりと熱を帯びはじめた。

──そうじゃないよな、ジェラルド。

それと同時に、エルウィンの声が頭に響き、はっとする。

──オレが言ったこと、ちゃんと実戦で使えるように覚えておけよ。忘れちゃダメだからな！

（……そうだ。そうだった。怒りのあまり、すっかり忘れていた）

自分は、知っている。

防御魔法の破り方なら、とっくにエルウィンに教わっていた。

──どんなに堅い防御魔法でも、実は弱点があるんだよね。オレの防御魔法も、完璧《かんぺき》じゃない。たとえば、炎なら、蒸発できないくらいの大量の水をかければあっさり破られる。土なら高温の炎で燃やして溶かせばいい。つまり同等以上の力の持ち主同士なら、相性の悪い魔法を高圧力で脆《もろ》いところにぶつければ、比較的簡単に消せるんだよ。

──だからね、ジェラルド。まずは相手の実力と、防御魔法が何の元素かを見極めることが大事なんだ。それから、薄くて脆いところに、魔法を叩き込む。

得意げに語るエルウィンを思い出しながら、ジェラルドは冷静に息を吐く。

ハーフエルフのガレットの使っている防御魔法は、風だ。そして、風の防御魔法には、炎と土の複合魔法が、一番効く。

あとは、ガレットとの実力差。相手はギルド支部長まで務めた、正真正銘のSランク。

――ま、オレはジェラルドならすぐにSになれるってわかってたけど？

不安など頭を掠めもしなかった。自分の実力は、Sランクだ。ほかならぬエルウィンがそう言ってくれたのだ。ジェラルドにはそれだけの力があると。

だから、ガレットには決して劣らない。渾身《こんしん》の魔法を込めれば、ガレットの防御魔法を突破できる。そう確信した。

「シルフィ様！　初級魔法でいい！　打ち込んでくれ！」

「あいわかった！」

ガレットに防御に徹してもらうために、少しは冷静になったであろうシルフィに援護を頼む。その隙に、ジェラルドは脆い箇所を探すことにする。

（見えた！）

防御魔法の揺らぎを捉え、薄くなった一点を見極めると、ジェラルドは迷うことなく炎と土を織り交ぜた魔法を纏わせたアックスを振った。風では弾けない、灼熱《しゃくねつ》の青いマグ

マだ。

――そして。

バリンッと大きな音を立て、ジェラルドの魔法がとうとうガレットの風の防御魔法を打ち砕く。

「まさか……っ!!　あり得ない！」

ガレットが驚きの声を上げた。即座にもう一度防御壁を張り直そうとするが、間に合うはずもなかった。

「これで終わりだ」

アックスが振り下ろされ、悲鳴とともにガレットの右腕が吹き飛んでいく。

「うがぁあああ……っ」

ガレットはその場に倒れ、のたうち回る。

「やるの、若いの」

シルフィがふっと笑った。

脇腹《わきばら》に手をやると、やはりほんのりと温かい。先ほど咄嗟に思い出したのは、きっと偶然ではなかった。

そこにエルウィンがいるようで、ジェラルドは己のこの強さがエルウィンといた証《あかし》だと知る。彼と一緒だから、ここまで強くなれたのだ。

すべてはエルウィンのおかげだ。

「う、ぐ……っ」

斬られた断面には、まだ青い炎が残っており、じわじわとガレットの魔力を奪いながら身体を燃やし続けている。

もう、助からない。それがわかったから、ジェラルドもシルフィも、これ以上手を出さず、ガレットをじっと見つめた。

「どうしてエルウィンまで」

そう零したジェラルドに、恨みの籠もった目で、ガレットが息も絶え絶え答える。

「さっき言っただろう……、悪《あ》しき魔女の息子は、あの顔で人々をたぶらかす。みんな狂ったようにエルウィン、エルウィンと……。お前だってたぶらかされたひとりだろう？」

「エルウィンが慕われているのは、エルウィンがやさしくて強いからだ。顔も多少はあるかもしれないが、みんなエルウィンの人柄に惚《ほ》れたんだ。彼の内面に目を向けようともせず、思い込みで殺そうとしたあんたこそ、恐ろしくて醜い魔女じゃないのか？」

ジェラルドの滔々《とうとう》とした説明に、ガレットが「黙れ!!」と吼《ほ》えた。

「あれは悪しき魔女の息子だ！　とんでもないバケモノなんだよ!!　だから私が退治しようとしたんだ！　あれがここにやって来てからずっと機会を窺っていたんだ。なのにあっさりと翼竜まで倒して……っ。都合よくマナコアを失ったから、今度こそ始末しようと思っていたのに……」

最後のほうは、ほとんど声がかすれて聞き取れなかった。しかし正気を失ったように、ブツブツと呪言《じゅごん》のようにガレットは続けた。

「顔だけじゃなく、魔法まで才能を持っているなんて……。そうだ、これも全部、私がハーフエルフなのが悪いんだ。完璧なエルフだったなら、顔だってもっと美しく生まれていたはずなのに……。ディーンだって、きっと私を選んだのに……。父親が、人間でなくエルフだったなら……、中途半端な存在でなければ……っ」

最期まで責任転嫁しようとするガレットが、どこまでも哀れだった。

「それは違う。お前も知ってのとおり、俺だってドワーフと人間のハーフだ。だが、中途半端だとは思わないし、エルウィンもそんな俺を蔑《ないがし》ろにしたことは一度もない。そこまで生きてその認識ならば、お前自身に問題があっただけだ」

黙れ、とガレットの唇が動いた。しかし、もう声は出ていない。

それに、とジェラルドは続ける。

「俺は、もしエルウィンが俺から離れて別の人を選んでも、傷つけようとは思わない。相手の幸せを望むなら、手を離すことだって必要なときもある。だが、俺は諦めないがな。今よりもっといい男になって、惚れさせてみせる。あんたもそうすればよかったんだ。自分が振られたからって、相手も不幸にしてやろうなんて、それは本物の愛じゃない。ただの自己愛だ」

　はっと、ガレットの目が見開かれた。そこから、つーっと一粒の雫《しずく》が零れ落ちる。

「悔いて、死ね」

　シルフィが、ガレットに杖を向けた。最後の一撃は、シルフィにこそ打つ権利がある。

　桜の杖から鋭い閃光が迸り、ガレットの心臓を貫いた。青い炎は勢いを増し、やがて彼女の身体は灰となって崩れ落ちた。

　こうしてようやく、シルフィとジェラルドの復讐が、終わった。


「大変だったんですからね！」

　ぷりぷりと怒りながら報告書を差しだすのは、あのあとバタバタと事件を取りまとめてくれたマーシャだ。

　シルフィとジェラルドにはガレットの殺害容疑がかけられたが、衆人環視の中で目撃者が多く、証言に十分信憑性《しんぴょうせい》が持てたこと、また、ガレットが犯罪者であること、さらにはケイロン領主の口添えもあって、無罪放免となった。もちろん、シルフィの魔法の巻き添えを喰らった人には、無償で治療を行った。

　どちらにせよ、ケイロンの住民は皆、ウィンディ・アックスの味方だっただろうから、裁判が行われれば勝てる未来しかなかったが、その手間が省けただけでも十分にありがたかった。

「感謝する。それから、昇進おめでとう」

ジェラルドが言うと、マーシャはふふんと嬉しそうに相好を崩した。

「へへっ、雑用事務から支部長補佐に大昇進です！　でも、支部長があの人なのは、未だに緊張しますけど……」

マーシャが言うあの人とは、シルフィのことだ。いきなり長が空席になってしまったケイロンギルド支部を取りまとめられ、かつ外部とも繋がりがあるのは、シルフィ以外にいなかったのだ。

「厳しいらしいな」

「はい。でも、全部正論だから文句も言えないです……」

ガレットの不正はあちこち見つかったらしく、それらの尻拭いに奔走しているようだ。加えて自分の後釜《あとがま》になるつもりなら、と魔法も鍛えられているそうだ。

「ジェラルドも、早く冒険者に復帰してくださいね。みんな待ってますから」

ちらりとマーシャの視線が横を向く。

その先にあるのは、エルウィンが横たわるベッドだ。

エルウィンが意識を失ってから、一ヶ月が経った。彼は未だに目を覚まさない。

「エルウィンも、早く元気になってくださいよ。ウィンディ・アックスの復活、楽しみにしてるんですから」

そう言って、マーシャはひらひらと手を振って部屋を出ていく。その手首には、新しく発売されたばかりのウィンディ・アックスの公式バングルが嵌《は》まっていた。

実は、まだウィンディ・アックスは解散手続きをしていない。

エルウィンに頼まれていたが、そもそもジェラルドには解散の意思などはじめからなかったのだ。だから、手続きをするわけがなかった。

ファンのあいだでは、エルウィンの治療費になるようにと、グッズを大量に購入するのが流行《はや》っているらしく、ほぼすべてのウィンディ・アックスグッズが品薄になっているという。そのおかげで、ジェラルドはエルウィンの看病に専念できていた。

事件解決の後、ジェラルドはシルフィに回復魔法を教わり、毎日エルウィンに根気強く回復魔法をかけ続けている。

ちぎれてしまった耳は治らないが、顔の傷は少しずつ薄くなってきているようだ。

この一ヶ月、いろいろなことがあった。

ガレットの件もだが、なんと、エルウィンを襲った盗賊をガルシュとシグマが執念で捕まえたのだ。逃がしてしまったのが相当に悔しかったのか、エルフの耳を売り捌《さば》こうとしていた商人を捕まえ、居場所を特定して乗り込んでいったらしい。

案の定、盗賊はヴァレル共和国の人間ではなかった。そしてその盗賊曰く、エルフの肉を食うと不老不死になるという噂と、魔法の使えない弱いエルフがマグナスの森へ帰るという話を、フードを深くかぶった女が言い回っていたらしい。特徴からして、その女はガレットだろうという結論に落ち着いた。

当然盗賊は牢《ろう》に入れられ、ほかにもやらかしていた事実が見つかれば、エルウィンの進退如何関係なく、極刑になるそうだ。

すべて、片付いた。悪は斃《たお》され、ケイロンには平和が戻った。

あとは、エルウィンが目を覚ますだけだ。

エルウィンの隣に腰を下ろし、ジェラルドは彼の手を取った。両手でそっと包み込み、その手に唇を寄せる。いつもこうして回復魔法をかけているのだ。

それと同時に、エルウィンが戻ってきてくれるようにと、毎日声をかけ続けている。

「なあエルウィン。マーシャの手に俺たちのバングルが嵌めてあったぞ。あれ、一万カロンもするんだ。最近発売されたばかりだっていうのに、街に行くと結構着けてる人がいてびっくりした。俺を見かけると、みんな、応援してるぞって励ましてくれて……」

すうすうと規則正しい寝息を相槌《あいづち》に、ジェラルドは話す。

「それから、さっき昼食を買いに表に出たらティモスに会って、訊かれたよ、嫁はまだ起きないのかって。それで、とある事実をやっと教えてくれたんだ。覚えてるか？　俺がS

ランクに昇格した日、ティモスが特別な酒を用意してくれただろう。あれ、俺たちの関係にやきもきしたティモスが背中を押すつもりで出したんだと。まったく、説明もなしにひどいよな」

言ってから、後悔する。

そういえば、エルウィンはあのときのことを忘れたがっていた。聞きたくない話題だったただろうか。

しかし、どうしても訊きたくなって、ジェラルドはぎゅっとエルウィンの手を握りしめると、静かな声で訊く。

「なあ、エルウィン。俺は、あの夜のこと、今でも忘れられないんだ。あの夜からずっとおかしくて……、いや、その前からもずっとエルウィンを見ると心が騒いでいた。どうしてだろうと考えてみて、最近ようやく自分の気持ちに気づいたんだ。俺がこんな気持ちを抱いているのは、君にとって迷惑だろうか？　俺がこんなことを思っていると知ったら、君はますます目を覚ましたくなくなるか？」

なあ、と祈るように、懇願するように、ジェラルドはエルウィンを見つめる。

そして、

「……愛してるんだ、エルウィン。君を愛してる」

とうとう本人の目の前で、愛の言葉を口にした。

「君が俺を愛さなくても、君が目を覚ましてくれるなら、それでいい。だからどうか」

——どうか目を開けてくれ。

エルウィンの細い手を自分の額に押しつけ、目を瞑《つぶ》る。

そのとき、ぴくりとエルウィンが動いた気がして、ジェラルドははっと顔を上げた。

「そういうのはさ、オレが起きてるときに言えよ」

呆れたように笑うエルウィンが、そこにいた。

「エルウィン……？」

最初は、夢でも見ているのかと思った。

けれど、エメラルドグリーンの美しい瞳は、しっかりとジェラルドを映している。

「おはよう、ジェラルド。ずっと聞こえてたよ。お前の声」

はにかんだ顔で、エルウィンが言った。確かに、彼の声だ。頬を叩くと、痛みが走った。

「何やってんの」

眉をひそめて訊く声は、幻聴などではない。

「エルウィン、エルウィン……！」

喜びに、ジェラルドは名前を何度も呼びながら、エルウィンに抱きついた。温かな身体が、匂いが、そして声が、エルウィンの生を伝えてくる。

「ジェラルドの泣き顔なんて初めて見たかも」

そう言って、エルウィンがゆっくりとジェラルドの髪を撫でた。

これ以上の幸福を、ジェラルドは知らない。

＊＊＊

目を覚ましてから、自分の足で立ち上がれるようになるまで、二週間もかかった。

今日は完全快気祝いとして、ようやく酒が解禁されるとあって、朝からずっと上機嫌のエルウィンは、鼻唄を歌っている。

「ほらあ、早く準備してよ。グズグズしてたら置いていくからね」

急かすようにそう言って、エルウィンはジェラルドの背中を叩いた。

「ああ。もう出られる」

ドアを開けて外に出ると、前庭にドミフラワーやルナフラワーが揺れている。

先日、エルウィンとジェラルドは家を買った。もう冒険者には戻れないからと、エルウィンは前世や今までの知識を活かして、薬草栽培の研究や魔法の指南をすることに決めた。

そのため、ケイロンに腰を据えて住むことにしたのだ。安宿からは卒業だ。

緩やかな坂を下りながら、久しぶりの街の空気に、エルウィンはすうっと息を吸い込んで、目を細めた。

結局、ちぎれた耳と顔の傷は、完全には治らなかった。痛々しい傷痕に、すれ違う人たちが驚いた顔で凝視してくる。しかし、エルウィンだとわかると、「おかえり」と声をかけてくれた。街の人たちには、エルウィンがマナコアを失い、昏睡《こんすい》状態だったことが知れ渡っているようだ。

「冒険者じゃなくなっても、ファンだからね」

見ず知らずの年上の女性が握手を求めてきて、エルウィンはそれに「ありがとう」と笑顔で答えた。その隣で、ジェラルドが俯《うつむ》いている。女性が去ったあと、眉間にしわを寄せて、「すまない」とジェラルドが言った。

エルウィンが起きてから、ジェラルドは何度もマナコアのことを謝ってきた。もういいと説得しても、多分一生、ジェラルドは気に病むのだろう。

でも、それでもいいか、と最近は思いはじめている。

「言っただろ。元々魔法のない世界にいたんだから、元に戻っただけだし、その辺の人間と変わんないよ」

「だが、エルウィンは魔法の研究が好きだったし、それを奪ったのは俺のせいだ」

「その研究対象を薬草に移しただけのことだってば！」

「でも……」

まだうじうじと悩むジェラルドの手に指を絡め、エルウィンはぎゅっと握った。

「っていうか、そういうの含めて全部、責任、取ってくれるんだろ？」

ふたりの左手の薬指には、お揃いの指輪が嵌まっている。その内側には、ひっそりとラピスラズリが埋め込んである。

「一生をかけて」

ジェラルドがその手を口元に寄せ、キスをした。

こういうやり取りを何度でも繰り返すなら、後悔も悪くない、とエルウィンはそんなずるいことを考えた。


ティモスの飲み屋に着くと、顔見知りの人たちに盛大に迎えられた。

「エルウィン！　元気そうでよかった。コイツ、まだ療養中だからってなかなか会わせてくれないからさ、心配してたんだよ」

ジェラルドを指差して、カイルが言った。

「こら、蜜月《みつげつ》のおふたりなんですから、邪魔するのは野暮だって言ったじゃないですか」

そう言ってカイルを叱るのは、マーシャだ。その後ろにはジェレミーやガルシュ、シグマもいる。

そして、シルフィも。

「じいちゃん。一昨日《おととい》ぶり。忙しそうだけど、仕事大丈夫そ？」

「なんの。わしも若いヤツらにはまだまだ負けんよ」

リハビリ中の孫を心配して、シルフィは三日に一度、家を訪ねてきていた。ジェラルドともすっかり打ち解けていて、世間でいう婿舅《むこしゅうと》関係（？）は問題なさそうだった。

「ウィンディ・アックスの復活を祝って！」

ティモスがジョッキを掲げ、声を上げた。

「ケイロンのポリナム夫婦の真の誕生を祝って！」

からかうように、カイルが言った。

皆がジョッキをぶつけ合う音が、心地よく耳に響いた。

そしていつの間にか街の皆が集まってきて、ギルド前の大通りの夜は賑《にぎ》やかに過ぎていった。


「うへぇ、呑みすぎたぁ……」

店の酒を呑み尽くし、解散となったのは、時計の針が天辺を回った頃だった。

調子に乗って浴びるようにエールを呷り、案の定泥酔したエルウィンは、ジェラルドに負ぶわれて家まで戻った。

ジェラルドも結構呑んでいたはずなのに、けろっとしている。おそらく魔法で解毒したのだろう。

以前のエルウィンなら、魔法を使わずともアルコールの分解速度は速かったのだが、マナコアがなくなってから身体の強度も落ちてしまったらしい。さすがにこのままで寝るのは嫌だな、とエルウィンはジェラルドに頼んで酒を抜いてもらうことにした。

「酔うために呑んだのに、いいのか？　いつもは絶対に解毒しなかったくせに」

「ん、シャワー浴びたいし」

「そうか。まあ、まだ本調子じゃないだろうしな。俺が身体を綺麗にする魔法を使えたらよかったんだが」

ふわっと一瞬身体が熱くなり、すっと酔いが醒めていく。

「十分。ありがとね」

冴えた頭で礼を言い、エルウィンは水を一杯飲んだあと、着替えを持って風呂場に向かった。猫脚のついたバスタブには、ちょうどいい加減のお湯が張ってあった。ジェラルドが沸かしておいてくれたようだ。

「ほんとに気がきくし、やさしいな、ジェラルドは」

傷だらけの身体を湯に沈め、ふう、とひと息つく。

それから、エルウィンはこれからのことを考えた。未来の話ではなく、風呂を上がったあとのことだ。

身体は、もうすっかり治った。痛むところはひとつもない。万全の態勢なのだ。何が、とは聞くまでもないだろう。ジェラルドと相思相愛だと発覚し、指輪まで贈り合った。けれど、大事なことを未だふたりは行っていない。それどころか、ジェラルドはそんなことを一ミリも考えていないような顔をしている。

いいや、考えてはいるが、エルウィンのことを慮《おもんぱか》りすぎて、本当はしたくてしたくて堪《たま》らないのに我慢しているのかもしれなかった。彼はどこまでも紳士だ。おまけに、ジェラルドにはエルウィンに対しての負い目がある。

だから、エルウィンが動かなければ、きっとこの先何も進展はしないのだろう。そう考えると、恥ずかしさに身体が強張っていく。

しかし、それ以上に、エルウィンはジェラルドに触れたいと思っている。

(ジェラルドのやさしさにこれ以上甘えてちゃいけない。オレだって、ちゃんとジェラルドが好きなんだから。好きだって、伝えなきゃ)

「よしっ」

勢いよく立ち上がると、エルウィンは決意に燃える目でシャワーをひねった。

あまりに長い時間風呂場にいたからか、エルウィンがリビングに戻ると、ジェラルドが心配そうに駆け寄ってきた。

「もう少しして出てこなければ様子を見に行くところだった。大丈夫か?」

「うん。全然平気」

濡れた髪をタオルで拭きながら答えたエルウィンに、ジェラルドがふわりと温かな風を送った。

「早く乾かさないと風邪をひく」

「う、うん、ありがと」

ジェラルドを見ると、やはり緊張にぎこちなくなってしまう。そんなエルウィンの態度を不審に思ったのか、ジェラルドがじっと顔を覗き込んできた。

「もしかして具合、悪いのか？」

「ううん。そんなことないよ」

「本当か？」

いつもと違うという機微はわかるのに、肝心の原因まで思い当たらないのが、もどかしい。

意を決して、エルウィンはジェラルドの腕を掴むと、寝室のほうへと引きずっていった。

「どうした？　やっぱり具合が……」

おろおろと心配するジェラルドをベッドへと押し倒し、エルウィンはその唇をキスで塞《ふさ》いだ。

人生二回目のキスだった。ジェラルドの目が、驚きに見開かれた。

「今まで、待たせてごめん。ようやく身体も回復したし、そろそろお前とそういうこと、したいんだけど……」

エルウィンはしっかりとジェラルドを見つめて、言った。彼の瞳が、だんだんと情欲に濡れていくのがわかった。それで、少しほっとした。ジェラルドも同じように肌を合わせたいと思ってくれているのだと知れたから。

「わかっているのか？　あのとき以上のことをするんだぞ？」

確かめるようにそう言われ、エルウィンは恥ずかしさに視線を逸らしそうになる。けれど、ここで少しでもためらう素振りを見せれば、ジェラルドはきっとこれ以上進むのをやめてしまうだろう。

エルウィンはジェラルドから目を逸らさずに、はっきりと頷いた。

「わかってるよ。オレだってジェラルドのこと好きなんだ。好きな人と愛し合いたいって思ってるのは、お前だけじゃないんだよ。抱かれる覚悟だって、準備だってしてきた」

「エルウィン……！」

今度はジェラルドから、キスをされた。

「本当にいいのか？」

もうわかっているだろうに、まだ不安そうにジェラルドが訊いた。

「いいって言ってるだろ」

「愛している」

ジェラルドが囁き、もう一度、キスが降ってくる。

「ん……」

「エルウィン」

何度も唇をついばまれ、それもだんだんと深くなっていき、とろとろと身体中が解かされていく。

「あ、ジェラルド……ッ、ん、ふ……っ」

ジェラルドの手が寝間着の隙間から入り込み、直接肌に触れた。

「あ……っ」

薄い肌をまさぐり、敏感に尖《とが》った胸の先端を、逞しく硬い指の腹が圧《お》し潰す。そこで感じるなんてあり得ないと思っていたのに、痺《しび》れるような快感が押し寄せてきた。

エルウィンの心臓はどんどん鼓動を速めていき、初めて触れ合った日のように、下腹部がきゅんきゅんと疼《うず》き出した。

ジェラルドの舌が、唇を割り、口の中へと入ってくる。

「あ、ふ……、っ」

舌を絡めとられ、まるで生き物のようにぐちゅぐちゅと動き回るそれに、ますます情欲が煽られていく。

（やば……っ、下も触ってほしい、かも）

確かめるまでもなく、エルウィンの性器は硬く反り返っていて、先ほどから同様に大きくなったジェラルドのそれと擦れ合っていた。

「ん、ジェラルド、あの」

キスの合間に名前を呼ぶと、伝わったのか伝わっていないのか、ジェラルドは胸から手を離し、エルウィンの服を性急に脱がしはじめた。そして自分も裸になってから、今度はエルウィンを仰向けに転がし、膝を割り開く。

「ちょ……!?」

じっと局部を眺められ、エルウィンの羞恥心が爆発しそうになる。しかしその反面、その恥ずかしさが余計に快楽を煽り、エルウィンのそこはひくひくと動いて、鈴口からとろとろと透明な液体が溢れ出してきていた。

それを掬《すく》い、ジェラルドがさらに奥を暴く。太い指がつーっと尻のほうへ下りてきて、エルウィンの窄《すぼ》まりに触れた。そこはもうしっとりと柔らかく、中からローション代わりに使っていた乳液が溢れ出る。

「ん……ッ」

「やけに風呂が長いと思ったら、準備してくれていたのか」

ふう、と興奮を往《い》なすように、ジェラルドが息をつく。

「う、うん。だって、男同士だと準備しとかないと大変っていうし……」

「そこまで考えてくれていたなんて」

　視界に映るジェラルドの剛直が、さらにぐんっと大きくなった。あまりの大きさに、エルウィンは小さく悲鳴を上げた。

（あ、あれを今から挿《い》れるつもりだったけど、マジで大丈夫かな……。急に不安になってきた……）

　いくら準備したとはいえ、裂けてしまいそうだとぶるりと震える。だが今さら止めようとも思わなかった。それに、もし裂けたとしても、ジェラルドが治してくれる。

「きて、ジェラルド」

　覚悟を決めて、エルウィンが誘った。

「挿れるぞ」

　ジェラルドの声とともに、熱い巨塊の先端が、エルウィンの蕩《とろ》けた穴へとあてがわれた。そして自分の指とは比べものにならないほどの圧迫感が、めりめりと襞《ひだ》を押し拡《ひろ》げ、中へ中へと挿《はい》っていく。

「あっ、く……、あっ、ああ……ッ！」

　あまりの大きさに、本当に引き裂かれてしまうのではとエルウィンは思った。

「く……っ」

ジェラルドの押し殺した声がして、奥へ進んでいた巨塊が止まった。これで終わりだろうか、とほっとしたのも束《つか》の間、再びぐっとそれが押し込まれ、エルウィンは背中を反らして声を上げた。

「ああ……っ」

先ほどよりも深く、先端がさらに内部を抉った。

「エルウィン、愛してる」

耳元で囁かれ、喜びに身体が跳ねる。

「ジェラルド……ッ、うっ、あっ、ああっ」

律動がだんだんと激しくなり、はじめは慣れない感覚だったはずの抽挿が、やがて快楽を拾いはじめる。粘膜同士が擦れ、ジェラルドの熱を感じるたび、それに合わせてエルウィンはなまめかしい嬌声を上げた。

つい先ほどまで童貞だったというのに、ジェラルドの腰使いはあっという間にこなれていった。ひたすら腰を動かし、エルウィンを蹂躙《じゅうりん》するかのようにぐちゅぐちゅと責め立てる。

「あ、待って、ジェラルド、なんか、変……っ！」

今までとは違う新しい快楽の予感がして、思わず止めようと腕を上げたエルウィンだったが、ジェラルドは止まるどころかさらに激しく腰を打ちつけてきた。

「ああ……っ！」

ぐりぐりと、最奥をジェラルドの硬い先端が抉った。

行き止まりを何度もごちゅごちゅ乱暴に捏《こ》ねられ、これ以上挿らない、とエルウィンが叫びかけたそのとき、ようやくジェラルドの動きが止まり、中に挿っている凶暴な肉塊がぶるりと震えた。

「んんっ、あ、あああ……っ」

びしゃびしゃと中が濡れていく感覚に、大きな波にさらわれるような心地で、エルウィンもぶるりと身体を震わせる。ぱたぱたと飛沫《ひまつ》が溢れ、ふたりの身体がしっとりと濡れていく。

「エルウィン」

名前を呼ばれ目を開けると、ジェラルドがやさしくキスをした。

自然と涙が溢れ、生きるのを諦めなくてよかった、とエルウィンは心から思った。

＊＊＊

愛する者のために命の次に大切なものを捧げた魔法使いエルウィンと、愛する者の仇を打ち、愛の力でエルウィンを死の淵《ふち》から救った戦士ジェラルドは、生涯離れることなく、仲睦《なかむつ》まじく暮らしたそうだ。
彼らの魔法学や薬草学は後世に引き継がれ、世界の発展に大きく貢献したという。
そして彼らの人生は、愛の物語となり、今でもこうして語り継がれている。

あとがき

はじめましての方ははじめまして、お久しぶりな方はお久しぶりです、寺崎昴です。このたびは拙作をお手に取っていただきありがとうございます。

今回はエルフに転生した元ゲーム好き青年ということで、タイトルにもありますように、異世界にはない発想を駆使してめちゃくちゃつよつよ魔法使いになった子が主人公でした。ナルシストで自信過剰なので読者の皆様に受け入れてもらえるかなとヒヤヒヤしつつ……（笑）

このお話を執筆している最中、Xでお世話になっている某方が、「人魚を食べたら不老不死になるって伝説あるんならエルフだって長寿だし、似たようなものじゃない？」って呟いてて、「なるほど!?」と感銘を受けたのでそのネタを少しだけ使わせてもらっております。がっつりとエルフを食べるお話はまたいずれどこかで……書けると、いいな……。

そして、イラストを担当してくださった小山田あみ先生におかれましては、ファンタジーの世界にぴったりなキャラクターに仕上げていただき本当に感謝しております！　エルウィンの中性的な美しさも、ジェラルドの逞しさも、想像以上で悶絶するほど嬉しかったです！　ありがとうございました。

最後に、出版の機会を与えてくださった編集部様（担当F様）、この本に関わってくださったすべての方々、ありがとうございました。

そして支えてくれた家族と愛猫たちには特別の感謝を。

読んでくださったあなたには最大級の感謝と尊敬と祝福を。

お手紙などで感想をいただけると光栄です。

また、猫好きが高じて保護猫活動をしておりますので、ご協力していただければ助かります！

ではまたどこかでお会いできることを祈って。

寺崎昴

本作品は書き下ろしです。

ラルーナ文庫

この本を読んでのご意見・ご感想・ファンレターなどお待ちしております。〒110−0015 東京都台東区東上野3−30−1 東上野ビル7階 株式会社シーラボ「ラルーナ文庫編集部」気付でお送りください。

転生《てんせい》したらチートエルフだったので無双《むそう》しようと思《おも》ったら年下《としした》強面《こわもて》斧《おの》使《つか》いに懐《なつ》かれました

2024年11月7日　第1刷発行

著　　　者｜寺崎《てらさき》 昴《すばる》
装丁・DTP｜萩原 七唱
発　行　人｜曺 仁警
発　行　所｜株式会社 シーラボ
〒110-0015　東京都台東区東上野3-30-1　東上野ビル7階
電話　03-5830-3474／FAX　03-5830-3574
http://lalunabunko.com
発　売　元｜株式会社 三交社（共同出版社・流通責任出版社）
〒110-0015　東京都台東区東上野1-7-15
ヒューリック東上野一丁目ビル3階
電話　03-5826-4424／FAX　03-5826-4425
印刷・製本｜中央精版印刷株式会社

ISBN978-4-8155-3299-4